行星燦爛的時候

翁禎翊

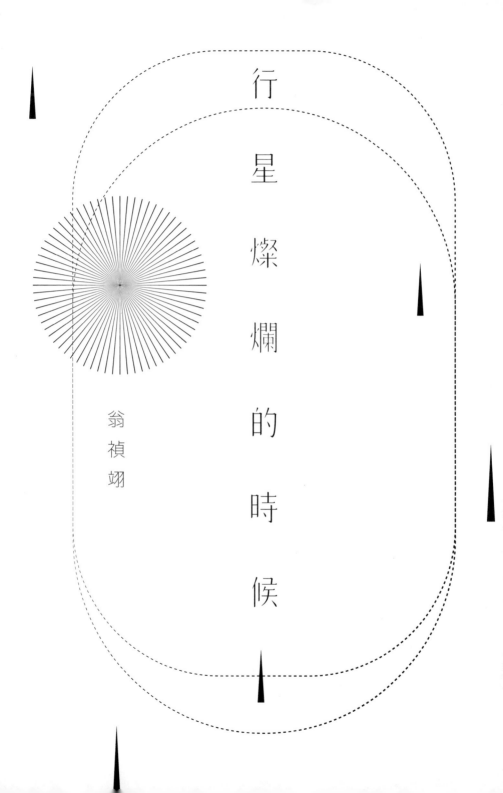

目次

輯二 在全世界遇見你

那個已經遠遠離開高中的我，還牢牢懷著美麗的信仰。幸運的是，讀了一些書、遇見一些人，覺得自己一直、一直受到祝福。

輯三　天亮之前還有一百萬個祈禱

如果時間回到過去，她把它們交到我手裡時，我會好好抱住她，而不是一直說謝謝。有些人出現，就是來教你愛的。當你學會了，她就要離開。

輯四　南十字星

真正讓人害怕的不過是：當你還相信這個世界的時候，卻不被這個世界所理解。這就是我想要來當司法官的原因。

推薦序

擁抱世界的方式

——讀翁禎翊《行星燦爛的時候》

凌性傑

一直記得十七歲的翁禎翊出現在我面前的樣子，從容爽朗，自帶光環。他一開口就像武俠小說的情節，說想要學寫作，可不可以拜我為師。我馬上直覺地回應，好啊。不過隨即更正，歡迎隨時來找我聊閱讀、談創作，交換一下意見。人與人之間的緣分大概就是這樣，能不能談得來，初見面就已經注定了。我們在名義上雖然以師徒相稱，但相處的模式更近似於家人朋友，翁禎翊就是那種值得一起出門旅行的家人。從二〇一三年認識他到現在，我們曾經在高雄、花蓮留下旅跡，曾經在京都相聚，從生活走向遠方，又從遠方回到生活。

批改作文或給予創作建議，我一向不喜歡修改學生的文句，因為一更動就失去了本來面目。面對學生的作品，頂多就是把錯別字挑出來，在措辭、文句不通暢之處打個問號，這樣就可以了。翁禎翊高中時期的散文，每一篇都極有架勢，精準華麗，幾乎不需要我給任何建議。我能做的，只是跟他分享個人的寫作歷程，從高中到前中年期的心境轉變，以及書寫技術的差異。我很囉唆地告訴禎翊，散文要寫得動人，首先在於文氣。文氣這個抽象又古老的概念，很難用簡單的話語來解釋。檢驗文氣最好的方法，就是在文章寫完之後好好讀出聲音來——生硬或圓滑、直接或曲折、簡潔或拖沓、優美或豪邁……，這些都是文氣的具體表徵。標點、字詞、句子、段落的連結方式直接影響文氣，略微穿插置換，就有千變萬化。

那時，我常常問禎翊：這裡換一個字或是換一個詞如何？要不要考慮一下，這個句子往前挪，那個句子往後挪？把最後一段調動到第一段怎麼樣？可不可以打破敘事時間，從事件的中間開始寫起？禎翊聽完這些，立刻嘗試各種可能，像在密室練功那樣，把稿子反覆修改，覺得可以了，才慎重地將定稿寄出發表。看著禎翊努力的歷程，我揣想，那是因為他很珍惜天分的緣故。

二〇一五年寒假，我邀請翁禎翊、黃立元、尤尊毅、陳宗佑一起著手書寫《慢行高雄》。這四位共同作者才華早發，出身於建中紅樓，獲得不少文學獎的肯定，與我有文學上的血緣關係，他們也是我近年來最親近的創作者。我依照高雄捷運路線切分區塊，瓜分封領土一般，就性情與偏好來安排每個人撰寫的遊樂路線。那幾週，我們一起生活在民宿裡，每天擇一路線，從早餐吃到消夜，同時逛遍了高雄的文青旅遊熱點。夜裡回到民宿，擺了滿桌酒食，一直聊到夜深。許多跟創作有關的想法，都是這樣聊出來的。跟能量好的人在一起，似乎怎麼聊都不會累。那一段時日，多虧有這幾位年輕伙伴，陪著我度過生命中的低潮。《慢行高雄》對我來說，是一種未曾經歷的寫作狀態，也是情分的凝聚，更是心靈的整治與療癒。我享受著結伴同行的樂趣，欣賞他們的才華，在每一次的聚散裡獲得飽滿的正能量。

寫散文的人無法迴避自我，然而人與人之間，多的是錯綜複雜的情緒碰撞。有些人在彼此接近的時候，一直在耗損能量，話語量越龐大越是消磨接收者的心神。陰鬱糾結之人走上寫作的路，很可能要更加小心，要提醒自己不被負能量所傷。若是過度耽溺於自己的痛處，一味向黑暗處探勘，文字的利斧極可能斫傷自己和他人。認識翁禎翊之後，我看見了屬於八年級世代的瀟灑豁達，那種青春飛揚的文風來自於自尊與自信。

熱情跟毅力，使禎翊生活得燦爛無比。《慢行高雄》出版以後，禎翊持續寫散文，同時完成了台大法律系學業，並且輔修日文系畢業。此外，他通過司法官考試、錄取台大法律研究所，在成就自己的時候從沒忘記過關懷他人。這些現實生活裡的徽章與標記，是他全心全意努力換取得來的。這段期間，他談戀愛、過日子，為朋友解憂，真不知道他怎麼變魔術，把時間分配得恰到好處。

捧讀翁禎翊的《行星燦爛的時候》，很榮幸成為見證者。禎翊始終寫著自己相信的事，一如十七歲的樣子。他十八歲得到林榮三文學獎的〈指叉球〉，以及後來入選年度散文選的〈南十字星〉，這一系列成長書寫可以說是新世紀迄今最具青春感的散文。他在文字世界裡轉動星空，盡其可能地描述感知到的一切，讓往事一一定位。書中很多篇章跟成長經驗有關，翁禎翊節制書寫者的情緒，認真去理解生命中重要他人的內心狀態。我很喜歡這種書寫情感的方式，沒有委屈自己，也沒有自我膨脹。

〈南十字星〉裡提問，「什麼是你生命中最害怕的一刻？」坐在司法官口試預備區的翁禎翊心中浮現這個問句，藉此鋪陳出一段陳年往事。這起事件，成為司法官口試現場的答題依據，也是生涯抉擇的重要支撐。禎翊記起生命中最害怕的一刻，試圖這麼回答——

「真正讓人害怕的不過是：當你還相信這個世界的時候，卻不被這個世界所理解。這就是我想要來當司法官的原因。」

「我長大的過程中，好幾次被溫柔地接住；我會一直問自己，做了這個工作，會不會也是努力了解他們的其中一個人？」

我想，這不僅是想當司法官的主因，應該也是想要成為散文創作者的重要動機。司法官跟散文家的共同特性，大概是要一直持續地書寫吧，並且透過書寫去確認自己的信仰。

有好長一段時間，花了很多力氣去想小說、散文的界線，自己也嘗試寫過一些虛構情節的散文，但始終說不上來散文感跟小說感差別在哪裡。讀《行星燦爛的時候》發現，那些最會「聊天」的散文作品，使我深深著迷。所謂的「聊天」，或許就是散文感的表徵之一。我曾跟禎翊私下戲謔，某些文學獎的散文獎項或許可以改為說故事比賽，這樣比較能夠涵納虛構散文。故事類作品固然比較需要強烈的小說感，不過，用散文感去說故事也頗有趣味。禎翊真是會聊天的人，文章裡可以聊無可迴避的命運，也可以聊日常生活點滴。至於聊天的藝術，取決於分寸的拿捏、描述的技巧。

閱讀翁禎翊的散文，他寫父親、母親、妹妹、老師、同學，下筆很能拿捏分寸，謹守著屬於他自己的一套倫理規則。這大概跟他讀法律系有關，可以寫的、不可以寫的，心裡應該都分得很清楚。在我的閱讀經驗裡，「敘述者我」一旦要跟敘述的對象比可憐，往往會讓讀者感到難堪。難堪的是，作為閱讀者，我無法對單方面的痛苦、怨懟、控訴提出認可或否定的意見。因此，我常常無法共感，無法加入「敘述者我」比可憐的陣營，參與文字裡的宣洩或報復行動。我不曉得年輕的翁禎翊是怎麼做到的，一方面妥切地安放自身的故事與情感，一方面尊重書寫對象的記憶。

《行星燦爛的時候》裡，即便是寫逝去的戀情，即便是寫已經分手的對象，翁禎翊實踐的是情感的藝術，讓藝術提供庇護，收容人生諸多缺憾。古人說的詩書寬大之氣，大概如此。這樣的氣質，不是小鼻子小眼睛，而是寬厚恢弘的大人品格。從這本散文集每一篇作品的敘述語氣，可以看出成長的刻印，這也是翁禎翊從青春到成熟的文學光年。

劇集《以家人之名》裡，有幾幕戲讓我看了直掉淚。血緣、婚姻這種最普遍的家庭連結之外，我認為還有其他形式的家人可以由自己來定義。對我來說，能夠長時間同桌吃飯、分享人生況味的就是家人。《以家人之名》其中有一幕是，經營麵館的李海潮（涂松岩飾演）喪偶之後，與女兒尖尖相依為命，鄰居為他介紹了相親對象賀梅。單親媽媽賀梅獨自撫養兒子子秋，子秋一直渴望有個父親。當子秋感受到成年男性李海潮的溫暖，毫不猶豫地對他喊了一聲，爸。而這樣的稱謂，是極有力量的。李海潮聽到這聲爸，神色變得很不一樣，彷彿身上多了一層牽絆，多了一層責任。從此，他必須對這個沒有血緣關係的小男孩負責……。在劇中，李海潮不僅撫育自己的女兒、認養子秋，還幫忙照看樓上鄰居的兒子。不論是不是親生的，他把這三個孩子捧在手心，捨不得打捨不得罵，日復一日料理一桌好菜，陪伴孩子長大。

我很珍惜有禎翊相互陪伴的時光，也覺得很幸運能遇見禎翊這樣的學生（雖然我不曾在課堂上教過他，不曾真正指導過他什麼）。私訊往返的時候，禎翊常常呼喚我聖上、皇上或陛下。雖然這些稱呼有點封建，但我很喜歡，好像證明我不是一個尋常的老師。透過《行星燦爛的時候》，可以看見禎翊擁抱世界的方式，溫柔而且認真。謝謝這本書帶來的能量，祝福禎翊擁懷燦爛的星圖，在創作的道路上持續讓相信的事物發光。

輯一　指叉球

指叉球飛出的時候幾乎沒有橫向的旋轉，空氣阻力比直球小得多。那時，被呵護安好、被潤飾剪裁的世界正是這樣在我們的眼前攤展。

剛好被愛的人喜歡

祝你，下雨的日子都有帶傘，掉淚的時候有人陪伴，趕在夕陽消失前的幾萬分之一秒，剛好被愛的人喜歡。

◆

希望我們一起活在仙女棒剛剛要點燃的時候。

◆

那是，很晚回到家卻發現還留著一盞燈的時候，許久不見的人卻還叫得出自己名字的時候，說了對不起卻得到一個擁抱的時候。

一起明白，剎那爆哭的淚水最為珍貴，就算事後想起來很白癡，但也絕對不是浪費白流。

◆

希望那個時候每一個你和妳，曾被我真真切切稱呼為「我們」的人，都比現在過著更好的生活。

可能是要去很棒的學校念碩士的你，可能是要去很遠的地方工作的你，也可能是要升上大四但還沒想好以後要做什麼的你。

去讓自己有一個很厲害的故事能夠和我說，讓我沒有後悔曾在某個風大的黃昏，把你當作最重要的人過。

◆

你是，讓藍天顯得更藍的唯一那片雲朵、午後陽光投射下來剛好照到的那絲海浪、走出末班車的地鐵站，抬頭看見的月光。

◆

有些事情久了，被開起玩笑，自己也能慢慢笑出來，彷彿不再難過。

但其實還是猶豫著，要不要讓你知道：那些與你有關的眼淚，都是錯過你、你錯過的流星。

苗栗的事

我自認為是非常純正的台北小孩。在北車地下街不會迷路、搭捷運不用看路線圖的那種台北小孩。很要好的朋友Jason哥是苗栗人，像我這樣從小在台北長大的傢伙，當然也和其他鄉民一樣，不遺餘力地開玩笑大聲講著：苗栗國、苗栗國。

但其實很小的時候，我也在苗栗住過一段時間。超過二十年前的事情了，那些記憶稀疏到不行，所以也幾乎沒有和人提起。它們像是幾則片面而且侷限的Instagram限時動態，偶而重播起來沒頭沒尾的，時光的標本或許就是這樣。

待在苗栗的日子大概是一年。記憶裡這段時間並不存在妹妹這個角色，推算起來，合理的解釋大概是：爸爸工作調動到那裡，而妹妹剛出生，在外公外婆家，媽媽有了產假，於是只有三個人一起來到了苗栗。

在苗栗，我被送去一間半山坡上的幼稚園，叫作「大將軍」。好霸氣的名字。但我過得一點也不霸氣或勇敢，我只記得自己在那邊得到了使用至今的英文名字；而幼稚園有兩層樓，前面還有很大的遊樂場，這是台北絕不會擁有的模樣。除此之外就是：我可能被老師當成學習或者發展遲緩的小孩。

那個時候，我沒有辦法控制自己的手部肌肉，無法單獨舉起小拇指。

大家都可以，只有我做不出那個動作。

我被老師很兇地責罵。儘管我也想不起來到底是什麼活動需要舉起小拇指。

老師一定有把這件事告訴媽媽吧，因為後來媽媽買了很多彈珠，還有鑷子，往後很長一段時間，有事沒事我就練習夾那些晶瑩的珠子，練習手眼協調還有小肌肉群。不知道是不是真有所幫助，但至少，現在我是一個很會用筷子的人，小拇指當然也能舉起來了。

回想二十多年前，才剛三十出頭歲，那麼年輕的我的媽媽，才剛當母親沒多久的我的媽媽，是不是真的對這件事很擔心？那時爸爸剛升職，工作時常加班到深夜，一定很忙碌，她是把這樣的擔心默默放在心裡、一個人面對，還是有勇氣和他說出來？

我不知道。不管是哪一個選擇，都是那麼勇敢的決定。明明也有黑暗與焦慮的時候，但依然把自己明亮的那一面，都留給了小孩。我最喜歡苗栗的家前面，或者更具體來說，應該是爸爸配給的宿舍中庭，那裡種滿了蒲公英。每天放學我被牽著手，另一手摘下飽滿如棉絮般的種子，輕輕一吹，像是許著什麼心願，然後看著它們在眼前彷彿永恆地紛飛。

苗栗日子的尾聲，爸爸來回開車好幾趟，把各種雜物載回台北。某一次，副駕駛座和後座都塞滿了東西，我坐在左後方，車上只有我們兩個人。那是很深很深的夜晚，北上的高速公路塞著車，我一直記得這個很平凡的畫面：爸爸頻頻抬頭瞥向照後鏡。但可能我還太小隻了，剛好被遮住；不過我是看得到他的，一張很安詳的臉。四周倒映著煞車燈的紅光，一路綿延，像是寺廟裡懸掛滿的平安符。

每每想起這些事情，我都一再覺得：能夠長大成現在這個模樣，真是太好了。而這絕不是偶然而已。

Dog House

我一直都還記得快要二十年前，被關在狗屋的那一個下午。

即便後來我被大家認為是一個非常會念書考試的人，我都還是忘不了那種羞辱的感覺。偶而在夢裡重現了那一天，醒來的時候，臉上都是掛著兩行乾掉的眼淚。每一次都是如此。

那是我小學一年級發生的事。台北的爸爸媽媽工作忙碌，把他們的第一個小孩，也就是我，送去了一間學費不便宜的雙語安親班。和我年紀差不多的小孩如果擁有不錯的英文口說能力，養成的起點大抵都是這樣——爸爸媽媽不惜成本，把所有的金錢和資源都砸到了自己身上。這就像是投資，我作為一個投資標的事後看起來好像很成功，但我自己心裡明白，那些超前或資優的教育，讓我過得不是很快樂。因為我完全跟不上大家。

那天下午在雙語安親班裡，外籍老師教的是現在完成式、也或者是過去完成式，印象有點模糊了。但我很清楚的是：講解完後，老師開始要求每個小朋友造句。一人一句，從座位最左邊輪到最右邊，然後再第二輪、再第三輪……。大家都很順利，但是來到我這裡的時候，就會卡住無法繼續往前。熱絡的氣氛冷了下來，笑聲也不再能夠覆蓋冷氣運轉的機械音。我一直搞不清楚什麼時候該加have什麼時候該加had，什麼時候又會have、had一起出現。明明我造的句子和旁邊的小朋友幾乎都一樣，為什麼老師堅持我是錯的。好尷尬。那一切像是，拉鍊來到年久失修之處無法正確咬合，進退失據。大家慢慢變得不耐煩，用困惑或困擾的眼神看向出了差錯的那個地方。

外籍老師接下來做了一件事。他拿出一張A4白紙對摺、撕成一半，然後用麥克筆寫上了大大的兩個字：Dog House。接著，他把那張紙，貼在了教室最前面角落的一張桌子的桌緣上。

他說，現在開始，大家造最後一個句子。錯的人，就去Dog House裡。

狗屋不是真的狗屋，是一張寫著Dog House的桌子。

幾分鐘後，我就從位子上站了起來。沒有選擇地，我來到那了張桌子前面。

我轉身背對大家，然後慢慢彎下身來。最後，我蹲進了桌子底下。

我知道大家都在看著。沒有人笑，但也沒有人發出其他任何聲音。課程往下一個部分進行了，我的「人」還是在狗屋裡，直到下課。

直到漫長的那一天結束。那一天最後，安親班的聯絡簿上，我的個人表現被勾選了poor。

我不敢帶聯絡簿回家，所以我騙了媽媽：我忘記了。小時候很不會說謊，當我「忘記帶聯絡簿回家」的時候，就是我在學校出包的時候。媽媽也是當老師的人，她內心早就把兩件事情畫上對應的連結了。所以她質問我，我到底是做了什麼事。我不記得最後我呼攏了什麼，但很確定的，我完全沒有、至今也未曾和她說過狗屋的事。當時應該單純覺得說出來很丟臉、怕被罵；現在回想起來，我知道我的媽媽不會因為這種事罵我的，可是，她很有可能根本不相信這件事。

因為很難接受，所以無法相信吧。但很抱歉，這是百分之百真實的事情。關在狗屋裡的其實不只我一個人，還有另外一個女生，我都還記得她的英文名字叫Sally。午後陽光沒有私心地從窗戶照了進來，當其他小朋友臉上燙滿金光，我和Sally這邊卻全部都是陰影。Sally低聲啜泣著，我把口袋裡的衛生紙整包給了她，然後告訴自己要忍耐住——因為我沒有其他東西可以擦眼淚了。

一個晴朗或者溫柔都與我無關的午後。只有七歲的我。我那時就明白了：這個世界很殘酷，沒有人會同情你的。你只能讓自己變成這個世界裡最強大的人。往後快要二十年的時光，我所做的一切：自己念書也好、站在台上教別人考試也好，其實都只不過是為了避免同樣的事情再一次發生。

我再也不願意回到狗屋裡頭。有人伸出手，我也希望用盡自己現在還有的能力幫助他們答對接下來的問題，帶著他或她逃走。

我在小學三年級轉學後離開了那家雙語安親班。從那以後，我靠著成績好這樣膚淺卻又實際的能力，得到老師、得到所有人的喜歡，彷彿投胎，過上完全不一樣的生活。Sally是一個非常有畫畫天分的女生，我不知道她有沒有和我一樣幸運，靠著自己的方式，最後也永遠、永遠離開了狗屋。多麼希望是如此——有些人比我流了更多眼淚，有些人比我承擔更多了嘲笑或者不看好，可是總有一天，朝著我們下降的黑暗，都是會消失的。

彗星

上一次小升經過我身邊，最靠近最靠近的時候，我七歲。剛升上小學二年級，他從外縣市轉學來到我們班上，馬上就威脅了我過去一年獨占第一名的地位。不過同時間，我們也變成最要好的朋友。國小的校外教學都需要一些白天不用上班又自告奮勇的家長出面分組、帶隊，小升媽媽沒有一次缺席，我也永遠是第一指名加入小升那一組。

說實在，還在學注音符號和九九乘法表的年紀，成績好或壞意義並不大，會在意排第幾名、贏了誰輸了誰的只有爸爸媽媽。我和小升最在乎的是：能不能在校慶運動會的雙人跳繩比賽得到冠軍。一般人玩起雙人跳繩宛如兩人三腳，久久困在原地不能前進；但我和小升每節下課練習，到後來，默契好到可以用幾乎跑動的速度連續好幾圈操場。根本是無敵的狀態。

校慶最後因為SARS而停辦。快要二十年過去，當整座城市的大家再次戴起口罩的時候，我想起這些事，在很安靜的半夜把小升的名字鍵入臉書的搜尋欄位，然後找到他除了大頭貼以外幾乎一無所有的頁面。

小升出現在我生命裡的時間很短，因為三年級就換我轉學了。儘管一些年後念了同一所國中，但兩個人已經沒有任何交集。他在國中裡是個神奇而難以定性的存在。會打架耍狠、揩人叫囂，偶而跨過小孩與成人之間那條隱隱的界線：偷抽菸、偷騎機車……，提早告別了很多的第一次。與此同時，他的成績卻非常之好。

他考上了前三志願。這是我確切知道關於小升的最後一件事。有人說他高中被留級，有人說他根本沒畢業；他大學轉過學、休過學，好像是被迫的但也好像是自願的。這些流言感覺互斥但又並非不相容，總之，此刻我的身邊，已經再也沒有關於他的信息。他像是某個晚上經過的彗星，成千上萬的離子和電子在我的天空光解、游離。美麗的同時也在消散，靠近的同時也在準備遠去。

在我剛剛轉學離開的一個晚上，爸爸接到了小升打來家裡的電話。那時我不在家，爸爸和他說，會轉達給我，叫我過幾天搬到新家後再用新的電話打給他。爸爸也的確有在那天睡前告訴我這件事。但不知道為什麼，我一直、一直沒有再回撥那通電話。

我在想，如果那時我有記得回電，更認真的把這個人放在心上，那麼將要二十年後的今天，我們會不會是另一個模樣？

會不會看見彼此真正成人的樣子？我是說，並不符合爸媽期待，但自己最想要成為的那個模樣。

或許一輩子我都不會再遇見小升了。即便是哈雷彗星這樣短週期的彗星，人一生要見到第二遍都很渺茫。他運行在自己軌道上，穿梭在冰冷而安靜的星際深處，無人知曉，但可能偶而、隱隱，泛著瑰麗的微光。

初戀

高三學測前的最後一次模擬考，國文長篇作文的題目是「最好的時光」。我得到了非常之高、接近滿分的分數，國文老師徵求了我的同意，把那篇作文印給全班，還有其他許多人看。我自己也覺得寫得真的滿好的，心想：如果學測那一天，也製造出了同等品質的命題作文，分數絕對又穩又妥。

我從小就是個很會寫作文的小孩，但所謂「很會寫」，是經過努力訓練而來的：背誦名言佳句、頻繁抽換詞面、學習描述感受或風景⋯⋯。這和一些文筆渾然天成，想法總是別出心裁的人比起來，常常顯得平凡甚至做作。也因此，我的考試作文能夠拿到固定的分數，但並不是篇篇都是佳作；它們套路相同，可是品質不一。

「最好的時光」就是這樣一個久久才偶而出現一次的超水準演出。

那篇作文裡面，寫了一件十二歲發生的事。我那時小學六年級，全班一起每天早起練球，把握早自習開始前的半小時、一小時，持續了將近大半年。最後在夏天來到之前、在畢業之前，得到了班際籃球賽的冠軍。

這是一個極其普通的故事，但是加上努力的元素、加上合作的元素、加上挫折和夢想的元素……，一切就不一樣了。一篇命題作文因為有了這些成分的排列組合，基本上已經顯得有起伏有轉折，整體畫面感充足，給人一種單純又流暢的感覺。最後，結尾把時空拉回當下，三兩句寫長大後的模樣，寫淡淡的想念，讓重點不在於強調成功的模板或套路，而是記憶裡美好的時光。一邊緊扣題目，一邊也讓文中的眼淚不顯得濫情、青澀不顯得尷尬。完美畫下句點，打鐘，交出考卷。

〈最好的時光〉裡面寫的每一字每一句，都是百分之百真實發生過的。可是比起「寫」出這篇作文，我更傾向於說自己「製造」了這篇作文。真正的原因不在於它呈現的形式或出現的場合，而是因為：我根本不是一個喜歡打籃球的人。

同一間研究室的學姊幾乎每個星期三下午都會問我：傍晚要不要一起去打籃球，你們這屆也有人常常出現，你應該和他們很熟吧。我每次都回答：齁，我今天穿這樣，怎麼打球？但真實的情況是，我上了大學後，沒有任何一件球衣或球褲，也沒有任何一雙球鞋。

上韓文課的時候，練習口說，韓國老師一個一個問同學：你打籃球嗎？輪到我的時候，我很乾脆地說，不，我不打籃球。老師有點驚訝，追問了我，禎翊你身高多少啊，我說我一八二公分。老師說了一句，哇真的好高，好可惜喔。好多人都轉過頭來看著坐在最後一排的我。我坐在位子上輕輕地笑出來，用韓文再說了一遍：不，我不打籃球。

我是全班最年長的學生，碩士班二年級，連助教都比我小四歲。「不，我不打籃球」這樣簡單的一句話，到了這個年紀，二十四歲，才能不痛不癢地說出口。甚至能夠把它當作玩笑自嘲。如果有人追問為什麼不打籃球，當下我也能直接大聲說出來：因為、我、打得很爛。

對，我不喜歡籃球就是因為我打不好。

現在，我要重新把「最好的時光」這個故事再說一遍，把作文裡省略或者還不能面對的，好好說出來。

●

時間是早上六點半。前一晚睡前設的兩個鬧鐘接連響了起來。我睜開眼睛，第一個動作就是把它們迅速埋到被窩之中，為了不要讓聲音傳遍整個屋子。接著，才慌亂地憑著手指摸索，將它們關掉。

我離開床鋪，窗簾的薄紗賦予了日光柔焦的濾鏡，天色感覺將亮未亮。沒有猶豫或眷戀，因為沒有多餘的睡意，只是一切動作要放得很輕、很輕。走路也是，打開水龍頭也是，換制服、背起書包、推開家門也都是。

出門前往學校的時候，家裡所有人都還在睡覺，而我要趕上七點鐘出現在學校籃球場，練球。我很害怕吵醒爸爸媽媽，不過不是為了他們著想，是為了我自己。學校表定時間七點五十才開始早自習，好幾次和他們說：「我希望七點鐘、或甚至更早就到學校，我想要參加練球，因為……」但他們只覺得，為什麼不好好多睡覺。沒睡飽一整天上課怎麼辦？練什麼球這麼重要，需要每天出現？應該不是強制的吧？

要得到一個明確的允許或支持真困難。要解釋清楚也一樣。所以最好的方法就是：在還來不及被硬性阻止或柔性勸阻之前，就先出門。總不可能人到了學校，還把我抓回來吧？

負責帶大家練球的是我們班的導師，他是個我到現在都還非常想念的中年男子。老師本身並不是體育系出身，所以也沒辦法真的為大家打造什麼專業的訓練計畫，只能夠土法煉鋼，帶大家跑步拉筋，然後反覆練習傳球、上籃，還有罰球。如今回想起來，老師要教的其實不是籃球，也可能從沒預期過我們真的能夠拿到冠軍——他只是單純想用行動告訴十二歲的我們：如果內心無比渴望一件事，那要找出可行的方法去接近它，光作夢是沒用的。

當時我的好朋友們，一群小男生，應該就是一邊認真練球，一邊也認真作著冠軍的美夢吧。我也是，只是我的夢想和他們不太一樣，我只是卑微地希望：正式比賽的時候，我能夠和他們一樣穿著號碼衣，站在場上。得到冠軍當然很美好，可是如果哨音響起的時候、獲勝擁抱的時候，我是坐在場邊的人，那會是我想要的樣子嗎？

我不能夠也不願意去想像。

班際籃球盃的賽制是單淘汰，每場打四節，一節五分鐘，像正規球賽一樣五個人在場上；不過，每一節上場的人必須都不同。所以每班會派出二十人，任一生理性別至少要有八個。掐指一算，我的實力剛好就落在名單的邊緣，得要費盡全力爭取最後一張先發門票。

小學三、四年級時，曾經有段時間以為自己很會打籃球。後來才知道那是假象，那時感覺很厲害，只是因為大部分同年齡的男生還沒開始打籃球而已。等到年紀更長，籃球逐漸成為同儕間最重要的社交活動時，頓時明白了：天分就是天分，提早開始或接觸，是沒有辦法改變「天分不足」這件事的。

或許只有努力才能帶來改變。十二歲的我沒有其他選擇，只能夠這麼相信。我可能比我的好朋友們更早了解老師想要教給我們的事，也比他們更早了解，這個世界存在某些殘酷的規律，再多的善意與包裝也沒辦法讓它們顯得溫柔——和我那麼要好的他們，七八個人，全部都是班上的主力，如果我沒有相應的實力的話，很難期待他們徇私或者護航吧。即便他們有意這麼做，會有多麼為難？我會不會拖累他們？假如真的拖累了呢……

我幾乎無時無刻不在想著這些事。打球明明應該那麼快樂，怎麼會有這麼多煩惱。每天每天，早晨的練習，我放進了一球、投進了一球，他們遠遠對我微笑、走近和我擊掌，然後再回到原先的站位。陽光正好刺眼，彼此的面貌模糊。我都不知道自己究竟是靠近了他們一些，還是，他們正在慢慢和我變得遙遠。

●

五月的某一天，因為一大早趕著出門，匆忙之間忘了帶上泳具。來到午後的體育課，我就光著腳，身上還穿著衣服，夏天的運動服，留在露天游泳池二樓的看台。腳下的影子很短，但時間被拉得好長。我從位子上站起身，和泳池平行，一步一步走向看台的盡頭，最後趴在女兒牆上。牆外是上課時間空曠而安靜的籃球場。

距離比賽剩下不到一個月，我被安排進了先發名單，是班導師決定的。班會課公布名單時，我的好朋友們都非常開心，但我並沒有，只是在座位上默默點了頭。因為老師說這個名單是暫定的。到正式比賽前，都會隨時視大家的表現或狀況而調整。換句話說，接下來的時間，我的任務從爭取先發門票，變成要在每天早上的練習，還有接連而來的友誼賽之中，守住這張門票。

我一個人看著籃球場，此刻裝滿日光而無雜質，然後閉上了眼睛。腦中逐一溫習著、冥想著：抓籃板起跳的時機、切入禁區的步伐、中距離出手的拋物線……。忽然，有人拍了我的肩膀。因為前傾而稍稍躬起的背瞬間打直。我轉過了身，睜開眼，過曝的視野裡面，是L站在那。

她兩隻手撐著牆緣，面朝前方，假裝若無其事一樣。風輕輕揚起她的髮梢。我腦袋裡想像的畫戛然而止，離手的一球不知道有沒有進到籃框。L沒有轉過來，她開口說話，你在幹嘛？我說，發呆。然後反問她，妳也忘記帶泳衣嗎？她搖頭，嗯嗯、不是。「那為什麼……」我想要追問，但還來不及說完，她就打斷了我。「發呆才不會選一個沒有遮陽篷的地方。」

我看見，一滴透明、圓滾的汗水從她的耳垂滑下來，沿著臉的輪廓、脖子，最後落入因為陣風而浮浮貼貼的領口。我們的白色運動服，前胸與後背，正在慢慢浸濕。我看著L的側臉，不敢移動視線。本來想要講一些無關痛癢的話題，卻被她這樣單刀直入。我的心怦怦跳著。

「為什麼不坐著，太陽這麼大。你怎麼了嗎？」她繼續說。

我覺得自己開不了口。L不是我們班的，我們認識是因為合唱團，除此之外就沒有太多交集。她同時加入了田徑隊，跑得比很多男生還快；我也看過她和班上的男生一起打籃球，是個運動能力非常突出的女生。她擁有特別多的掌聲和注目，很受歡迎，也和每個人都很要好。像她這樣的人，能夠理解我嗎？我不知道。

我們安靜了好久。泳池傳來的水聲、笑鬧聲由模糊而清晰。

「那個……，不想要說的話，不說也沒關係喔。」

我嗯了一聲。以為她說完了，要離開了，可是她沒有。她就繼續待在旁邊，和我一起站在陽光下，看著籃球場。

絲狀的雲緩緩飄過。

有種感覺逐漸湧起：和她說的話也沒關係吧。於是我吸了一口氣，接著開口，一次說了出來。

我剛剛在練球。我想要上場。我好羨慕其他人。好羨慕妳……

說完後，我好喘，也馬上就後悔了。整個人覺得很丟臉，而且也很不好意思，畢竟L也沒辦法幫助我什麼。沒有人能幫助我什麼。

氣氛就這樣一時間改變了。我等著L接話，但也同時努力想著自己該怎麼圓場、順利轉移話題。然後她就轉過了身，抓住了我的手。

她湊近了我的耳邊。

我有點嚇到，低下頭來，淡淡的洗髮精香味裡，發現一件事：自己的手和她一樣細。

許多年以後，我上了大學、研究所，被大部分的人認為是一個還滿會穿衣服的人，可是心裡默默知道，我不願意把我的四肢露出來給人看。它們過於纖細，加上身高的因素，更加顯得單薄不堪。如果套上男生常穿的背心或球褲，總會感覺不是我在穿衣服，而是衣服晾在廉價又掉漆的金屬衣架上。

難過的是，Adidas或Nike這些運動品牌所出的單品又那麼時尚好看。我還是常常忍不住一個人進更衣間裡試穿，然後同時間在鏡子裡遺憾自己的模樣，和那些舒服的背心、運動褲……一一道別。

身材就是我籃球一直打不好的其中一個原因。對男生來說，單純長得高是沒有用的。要長得厚實、長得強壯，在如此激烈碰撞的運動中，才更容易生存。另外一個原因則是我的手眼協調極差。許多一般人能夠輕易做到的動作，我做不到、也學不來。這些種種，十二歲的我一定已經多少心裡有數，只是那樣的年紀，要承認自己和別人不一樣、和其他男生不一樣，多麼困難。

時間回到那個下午。L稍稍踮了腳尖，她的上半身幾乎要靠在了我身上。她和我說，下個禮拜、或者下下禮拜，打友誼賽的時候，去抄她的球，然後勇敢投籃。我不明白那是什麼意思。她解釋道：「你們班和我們班，不是都同時上體育課嗎？到時候一定會比友誼賽。」

「嗯，所以？」

「所以你來抄我的球。抄走後，這樣少一個人回防，也會比較好進。」

「可是妳又不一定會對上我。就算對上了，也不會被分配到防守我吧。我是男生……。」

「你被排在打第幾節？」

「三。」

「好，那我就打第三節。」

「可以這樣自己決定嗎？」

「可以啊。我會幫我們班排先發名單。」

「但這樣會害到妳吧……。」

「不要怕。不會。」

「可是……」我還是有非常多的疑問，還沒完全反應過來。這時，L就鬆開了我的手。她作勢要和我打勾勾，說著：「相信我。」

我想了一下，把自己的小拇指也舉了起來，和她的纏在一起。

蓋下印章的瞬間，我感覺到微微的溫熱，同時她看著我、對我說：「表現給其他人看吧。你可以的，加油。」

就是那一瞬間。天空還有風都是那樣潔淨美麗，卻讓人有想要掉眼淚的感覺。

●

L沒有和我念同一個國中，我最後一次見到她，是畢業典禮那天。她們班表演了啦啦隊，結束時，好多人湊上去和她合照，我猶豫了很久，最後也開口提出了這個要求。她很開心地答應了，撥給我的三十秒裡面，她笑得和臉上灑的亮粉一樣晶瑩燦爛。我和她說謝謝，她和我說畢業快樂。然後我看見她回到人群裡，維持著同樣的笑容，我小心翼翼捧著相機，像是捧著什麼珍貴的東西，悄悄離去。

直到畢業前，我一直留在先發名單裡，站在場上，從八強、四強，一路打到了冠軍。也就是因為有上場，多年以後，才會有〈最好的時光〉這篇作文。假如當時我只能待在場邊，被邊界的白線和三角錐隔開，我的好朋友們在另外一側，而我沒有辦法成為「我們」的一份子，那麼一定會是十二歲的我努力想要消除的記憶。就算沒辦法消除，一定也會破碎、變質，而無從成為作文素材。

沒錯，〈最好的時光〉裡面，主詞從頭到尾都是「我們」，而不是「我」。不過也不能因為這樣，就說我寫作文毫不真誠。那時的我是真的和作文裡所寫的一樣，因為冠軍而發自內心地又笑又喊，沒有遺憾也沒有悲傷地畢業。只能說，所謂的「我們」僅僅是「我」的其中一個面向。小時候感受到的是「我」要融入、成為「我們」的不容易；漸漸長大，明白了要在「我們」之中努力、勇敢做「我」自己一樣艱難。而其實這是一體兩面的事情。

高三是我最常打籃球的另外一段時光，而且是很快樂的。那個時候蹺課打、午休打，掃除時間短短的二十分鐘也硬要打。之所以快樂，就是因為少了比較和競爭吧，打得再爛也不會辜負誰的期待，或者失去誰的掌聲。不用去擔心拖累誰而可能最後有一天被割捨、被疏遠。在球場上大家都是沒有壓力的。準備考試的生活裡，壓力在其他地方。

那是十八歲，成年的交界。而在那之前與之後，不曾也不再擁有相同的時空，獨自面對了某些事情——

被開玩笑長得高有什麼用。被說文弱書生風一吹就倒。

被恐嚇以後當兵會被操死。被人在背後嘲笑為什麼不自己照鏡子。

認識的人說，沒增肌去健身房是要練什麼。不認識的人說，男生沒事畫什麼眉毛。

還有，直白地聽到過：大部分的人，喜歡的不會是你這種類型……。

這些時刻都尖銳無比。可是我是很幸運的人，它們終究沒有帶給我什麼傷害。我就是安穩地長大成人了。

二十四歲的我再一次看到畢業那天和L的合照。它慎重而如初地夾在畢業紀念冊裡，我拎了起來，用雙手拇指和食指輕夾住，仔細端詳許久。照片已經因為時間失去了亮面的質感，不會再沾上指紋，曾經不敢告人的往事變得能夠碰觸，而不會對人生造成什麼影響。本來該要整理房間的我，就這樣躺在床上看著十二年前的模樣。我邊看邊想，小時候的自己長得真醜。這樣難看而平凡的自己，怎麼有膽量因為另一個人而動搖內心，或者說，喜歡人家？我又想到往後一個又一個遇見的人，想到他或她的臉和說過的話，深刻感覺到：喜歡自己，好像比喜歡別人來得困難許多。

這麼長久的日子，我都覺得自己能夠被喜歡還有被善待是如此不真實。得要不斷地說服自己，不管是哪一種喜歡，沒有必要去探究原因，就坦然接受它們。它們都和游泳池畔的那個下午、L所帶給我的一樣純粹。

那天下午，陽光在我背後，我還沒擁有現在所有的一切，只是個又瘦又戴眼鏡既不陽剛也不會打球的男生。可是面朝我的L，為我承接了所有陰影。她對我說的那些話、和我拉勾約定的事，聽起來是放水、是同情，有失運動家風度，但我並不這麼感覺。我的內心只是震撼：沒有人教過怎麼示弱，第一次鼓起勇氣這麼做，竟得到了善良的理解。L和我，當時距離靠得多近，是相隔幾顆心臟的距離？

那是十二歲的她所能夠想出最溫柔、也最實際給予我支持的方式了吧。

她能夠接納我，有一天一定也有其他人可以。

想到這裡，我就在床上，和小時候睡的同一張床，沒來由地流下淚來。相隔這麼久，彷彿是當年游泳池畔來不及落下、遲來的眼淚。

我不知道當時L和我打勾勾，是不是有保守祕密的意思。現在我把這些全部說出來了，希望她不要介意。離開國小一段時間後，她曾經傳過訊息和我說，很怕自己所說還有所做的傷害了我的自尊，那時我不知道怎麼回應比較好，只簡單說了一句：哈哈哈，什麼事情，我都忘了。

但我怎麼可能忘記。而如果我真的有什麼質疑的話，那一定是：友誼賽裡，我試圖抄截了L幾次，但只有一次成功，她也有反過來抄截我，毫不留情。

還有，冠軍賽我們班對上了她們班。下半場第三節要開始，我要上場的時候，她遠遠在對面，也換上了號碼衣，準備走進場中央。我以為等到正式比賽的時候，她會故意和我錯開的，但她沒有。這是十二歲的夏天來到之前，讓我覺得很震驚卻又很溫暖的另一件事。

時速一百一十公里

深藍色的夜，雨絲在照明燈下連綿成一帷水晶簾幕。我在心裡默數著：三、二、一……還沒出現。還沒出現。怎麼還沒有出現？

忽然一顆白球穿越了我的腰間。

白球在速度的劇烈拉扯下，兩端散成絲狀的雲氣，彷彿成了懸浮在宇宙深處的、小小的星系。星系自轉公轉著，挾著強風，掀了簾子，發出濕淋淋的光。

不要害怕，看著光。

可是我仍舊用球棒砍出一個慌亂的弧形——而球卻絕望地直直落在腳踝旁邊。方才粼粼的雲啊、霧啊，忽忽就消融在暮色之中。白球落寞地彈跳著，最後慢慢在腳邊停了下來。

這是颱風剛離去的夜晚，友人家豪第一次帶我去打擊練習場。經驗豐富的他告訴我，從時速八十公里的球開始打起，當做熱身，接下來再打更快的。八十、九十、一百。站在時速一百一十公里的餵球機前時，我忽然想起了投手丘上，十二歲的蔡鳥。

蔡鳥，姓氏加綽號，一個漂亮的雙關。但他一點也不「菜」。那時我們打棒球，大致分成兩隊，我和K還有小立這一批最先追隨王建民的死忠粉絲，自詡為「明星隊」，後來才漸漸加入的男孩則被歸類到另一邊。小立幫他們取了個看似能夠與明星隊相抗衡的名稱，「無雙隊」。但無雙隊就是個大爛隊。他們從來沒贏過一場球，相差十幾分的懸殊比數更是常有之事。偶爾K為了獲得更多投球機會，就自願到無雙隊先發，嚷著那是「下放調整」；當然明星隊是不會手下留情的，我們修理起這樣的「叛徒」總是特別起勁。

但這一切在蔡鳥加入後，就完全改了觀。和我們一樣從未受過正式訓練，但是他就是擁有遠遠超齡的球速與尾勁，能夠不使用任何變化球，就讓打者束手無策。

真的束手無策。餵球機投一次代幣有二十次打擊機會，我一球一球揮空，腦海裡的畫面卻一格一格地聚焦、清晰。蔡鳥抬起了腿。跨步。然後舉起右臂。他手掌裡握著一顆發燙的隕星……

隕星戮戮地畫穿了球場上大片大片掛上的水色晴空，伴著煙光雲霧，最後在本壘板前散成一把細碎的流星。

所有的華麗只有眨眼一瞬能夠收容。

而我們再怎麼努力，棒子也跟不上。

我問家豪，國小五年級能投到一百一十公里是很厲害的了吧？他說，你現在身高一百八，球速都還不一定有一百。而大聯盟是一個球速動輒一百五十、一百六十的地方啊。天才洋溢的蔡鳥如果一直練下去，一直投下去，會不會有一天……

但後來我們就不讓他投了。

不然明星隊永遠贏不了——連碰到球都有困難。K說，這根本違反了比賽的公平性。有時蔡鳥手癢，一走上投手丘，我們便群情激憤地上前阻撓。蔡鳥整張臉漲成潮紅，用力把手套丟到地上，咆哮著：「為什麼不讓我投？為什麼、為什麼！」

我們全都嚇傻了。年輕的實習老師站在一旁的樹下，微風輕輕撥弄著她那略帶金黃的髮梢。她看著我們，只是輕輕地說：「比賽要開始了嗎？」

我們最美麗的大姊姊，最忠實的球迷。

我們從來不想讓她失望。

一枚代幣，二十次機會很快就用完了。我只有勉強碰到幾球，擦棒界外。下一個男生伸展了筋骨，走上打擊區，他身邊的女孩給了他一個大大的微笑。忽然想起，我們畢業後，國中高中也約過打了幾次球，但我和蔡鳥出現的時間似乎剛好都錯開了。而實習老師畢業後分發去了很遠的地方，離開了台北，永遠停留在我們的童年裡。

在分流的時光河道裡，要找回同一群人，這太困難了。

我決定再試一次。不論打不打得到球，一定要更認真、更努力看一次，那些美麗而稍縱即逝的光。

指叉球

你會來嗎？

手機顫動出這一則訊息，來自國小同班同學K。訊息裡這樣寫道：「我要結婚了，下個月五號，在河濱公園對面的飯店，你知道在哪的。」

在深夜擱下明天要考試的書本，把訊息反覆讀了一遍又一遍，試圖破解更多隱藏在字句裡的資訊，卻是徒勞。這年，我們剛剛滿了十八歲。一陣巨大的空虛感塞滿我的胸口，小學六年級時，我也是這樣執著地看著、唸著老師在日記本上給我的評語。那年王建民甫升上大聯盟，一股棒球熱潮在男孩之間蔓延，沸騰，我的整本日記鉅細靡遺地記載了職棒的大小事，儼然成了各大報的體育新聞彙整。老師說，你可以多寫寫棒球讓你學會了什麼啊。從此，更多的球場上的細節被我渲染誇大，彷彿某種程度的置入性行銷：逆轉的激情、提前扣倒對手的熱血、永不放棄的英雄淚水，總是激勵我們，「怕輸，就不會贏」……而那天日記的內容我記不得更多了，老師似乎根本沒有看完，對於內文完全忽視，只留下一句話：我和令堂討論過了，我們都認為你的生活裡除了棒球，還有很多事值得去做。譬如看課外書。

我把本子啪地闔上，感覺被徹底羞辱了。一個人趴在座位上，腦中不斷想著那句話——老師是討厭棒球嗎？還是討厭我、對我不耐煩了？K走到我身旁，問我身體不舒服嗎？我搖搖頭。「那快來打球啦！」

我和K說了日記的事，他噗哧一聲笑了出來。「幹嘛！還在不高興喔？」他推了我的肩膀，我也笑了起來。是啊，我們的志願是要去打大聯盟的，而且指名要洋基隊，什麼日記、讀書，一點都不重要啊！早就約定好了，三年後，國中畢業要一起去日本念高中，那裡的選手育成制度完備地多，當今中華隊最強的第一棒陽岱鋼正是如此，彼時還沒闖出名堂的他老早被我們奉為圭臬。我甚至連離家出走的細節都仔細推演過了許多遍：考完基測的深夜留下一封信在桌上，無聲無息地離去，義無反顧的旅程裡，我們要先去找K在體委會工作的遠房舅舅……

那時只要下課鐘一響，我們一群人便狂奔下樓，半個躲避球場就正好當作球場，對於湊不到九個人一隊的我們來說，那場子大小剛剛好。我們兩邊總是互相幫忙守備；而學校是嚴禁「棒球」這種危險物品的，所以球只好以報紙壓揉而成。每回投打對決通常只有三種結果：三振、保送、安打（人太少難以守備啊）。然而我們打起球來卻毫不馬虎，煞有其事：有聯盟、有紀錄，有總冠軍賽、有交易制度，腦中所設想、所推演，早已不是彼時嬌小的身軀所能負荷。

事實上，母親也從來沒有反對我打棒球。只不過她常常不經意地問起K的事情：他的成績好嗎？你們在學校相處得怎樣？都做些什麼？這總是使我不知所措，老師的那句話突然就在腦中變質，發酵，膨脹，占據了所有空間。我只能惶惶地敷衍帶過，最後虛張聲勢地大聲回道：「妳問這個幹嗎？」K是許多人心目中、你們大人心目中的壞小孩。他上課會睡覺會吵鬧，作業隨便寫常缺交；他的制服永遠髒髒皺皺的，滿身汗臭味讓人難以忍受，甚至連指甲檢查也從來沒有通過。除了我們打棒球的這群人，K幾乎沒有朋友，班上功課好的女生看見他就躲得遠遠的，卻私下和老師打他的小報告，這使得K經常在各種懲罰之間輪迴。他倒也不在意，安安分分地罰抄完課文，扔下筆衝往球場，陽光注滿深陷的酒窩，毫無哀戚怨懟之情。

有很長一段時間，我在想，老師叫我別打棒球，是不是叫我別和K走得太近？有次換座位，成績最好的女孩C換到了K旁邊，她的母親便來學校和老師爭論許久，隔天C就被換得遠遠的了。她坐到了我前面，非常低聲跟我說：「我媽媽特別交代我別跟那種人往來，說我會變壞，怎麼辦，你不怕嗎？」那時我不解地搖了搖頭。我是要到了畢業後很久才知道，K的父親與大哥都是管訓過的流氓，他是祖母獨力撫養長大的。

那時為什麼沒有人多問問K的棒球打得怎樣呢？他可是我們之中最強的投手啊。那時他不知從哪弄來一本棒球雜誌，裡頭有各種不同變化球的投法，常常上課瞥到他低著頭，右手握住紙球，五根指頭來回交疊，像是恣意排列組合的積木。其實大部分的球種都得倚賴縫線，才能產生變化效果——指叉球例外。讓食指中指像叉子一樣夾住球，出手時，兩指內側瞬間向下發力。指叉球離手後比一般直球更為剛猛，到達本壘板的最後一刻會突然下墜，像是從筆直的懸崖墜下一樣，令打者措手不及。

K的指叉球幾乎是勝利的保證，可是卻誰都不願意和他一隊。因為這樣就永遠當不了投手。那時我帶了一個新的手套來學校，黑色的，上面繡著「40」還有洋基的隊徽，同伴們全是羨慕不已，每個人輪流戴在手上，眉毛總是止不住喜悅地跳動。K戴在手上卻是不願拿了下來，他擺出祈禱的手勢，扭動著身軀，睜大雙眼嘟著嘴，故意撒嬌地說：「拜託嘛，我是王牌投手耶！」我拗不過他的請求，心不甘情不願地點了點頭，他就突然換了張臉似的，眼睛瞇成一條線，嘴角大幅上揚，「就知道你最好了！」

從此，他總有不同方式不同理由硬要我把手套借他：「我今天幫你抬便當耶。」

「所以咧？」「借我嘛，真的最後一次了。」「不要。」「那我不要跟你好了，不要就不要啊。」

「好啊！怕你喔！」

「而且為什麼每次都是你當投手！」我作勢要把手套搶回來。

我不知道自己那天為什麼會有這樣激動的回答，可是才一脫口就後悔了。K哼了一聲，脫下手套，然後重重地摔在地上。「誰希罕你這爛東西啊，到時候我叫我爸買十個都不成問題！」

好幾次忍不住向母親抱怨起K總是搶我的手套，舌根潮水反覆沖刷，話卻始終擱淺在喉頭。我很怕母親把K當作壞朋友，更害怕她因為任何小事阻止我打棒球，特別是她最討厭我和別人發生衝突；何況，小男生吵架嘛，隔天我主動交出手套，當K的捕手，聯手完封對手也就和好如初了。可是從那次事件以後，我站上打擊區，面對K總是特別起勁，總是使盡全力揮擊，想要把他的球轟得又高又遠，挫挫他的銳氣——但卻頻頻遭到三振。總是揮了棒才發現球正在下墜，而一切都發生在那麼一瞬間，我還來不及回神，隊友的嘆息已經從四面八方洶湧襲來。

「你會來嗎？」訊息末尾附了張相片，K染了一頭金髮，懷裡摟著一個女孩，女孩笑得燦爛，K卻是正經八百地抿著嘴，眉毛微微皺著，眼睛凝視鏡頭，那是一種不屬於我們這年紀該有的陰鬱。如果此刻在路上相遇，我還能認得出他嗎？照片正是在他預定要結婚的飯店前拍下的，陽光穿過河畔垂懸的柳條，小小的方格裡，天光漫溢，我不由得惦念起那些完整俱足的單純與快樂。我也因此想起畢業典禮前一天，我們去河濱公園打了最後一場球。

K說那是小聯盟的總冠軍賽，結束後就要努力升上大聯盟。那時我們互看了一眼，有默契地右手握緊拳頭，敲打著自己左胸膛，電視上的選手都是這樣為彼此打氣，彷彿是在說：「我可以的。」

我們真的可以嗎？現在回想起來，老師會那樣寫不是沒有原因的。有些事，再多的臆測也不會有個結果，總要經過時光之流的淘洗，隱藏的脈絡才會逐一清晰。大聯盟是個多麼虛妄而遙遠，一個說出來誰都會嘲笑的夢想啊！有多少男孩曾有過這樣不切實際的想法呢？又有多少人窮盡一生的氣力，只為了更靠近那座棒球聖殿？

那天比賽的過程我記不得更多了，一路拉鋸吧，來到九局下半，天色漸漸暗了下來。平手、滿壘、兩好三壞，我緊緊握著棒子，一輪溶溶的落日在不遠處懸浮，金橘的光繡在水面上，像是寶石切面，我的心怦怦地急速跳著，也是那般輾轉閃亮。

K深吸了一口氣，抬起腳，跨出一大步，幾乎劈腿平貼地面，把自己綳成一張稍縱即逝的弓；手臂延展，伸直，一個白影從指間噴射了出去。他的球只有兩種，直球、指叉球；我也只有兩種選擇，揮棒，或不揮。

因為把球牢牢卡在兩根手指內側，所以指叉球飛出的時候幾乎沒有橫向的旋轉，空氣阻力比直球小得多。那時，被呵護安好、被潤飾剪裁的世界正是這樣浩浩蕩蕩地在K和我的眼前攤展。我們當然知道要成為一位偉大的棒球選手，要能夠打大聯盟，得從更小的時候就開始接觸、得經過一長串不見天日的磨練，要有天分、要有體能……而我們什麼都沒有。

逆光的視野裡，K的球彷彿刮下了一片晚霞，直直朝我這邊衝撞過來，層層赭紅沿著噴射的軌跡燃成一炬大火，傾刻燎原，華麗斑爛。那些蓬勃的憧憬都鎔鑄到了其中，沒有阻力，比普通直球更為剛猛。我幾乎能確定那是指叉球了。

少了空氣阻力，重力影響更是肆無忌憚，這反倒進一步干擾了氣流，產生亂流。指叉球便是藉此達到倏地下墜的效果，我的眼睛緊緊盯著，被騙倒過那麼多回，不會再上當了。我不會揮棒的。

可是如果出手時，放球點刻意高一些的話，指叉球下落後會剛好削進好球帶。這使我的心開始動搖，不到一秒鐘的時間裡，在兩個選項之間急速懸擺。整個胸膛被搔得癢癢的，球愈來愈近、愈來愈近，晚風被極致擠壓，啪啪啪的聲響逼迫我做出決斷。

球落下了，懸崖邊滾下來那樣。

我的頭腦還沒下達最後的指令，球已經無可挽回地落下了。

那是一幀周遭色彩灰白、聲音頓失的畫面，像是卡帶定格的老電影。

然後三壘上的小A叫了出來，K也是。

所有的事情都發生在那麼一瞬間，我還來不及反應，一切的失序便戛然而止。球落在地上，揚起了本壘板旁的砂土，一陣風吹過，迴旋連綿成一帷瀉下的簾幕。小A又跳又叫地跑回來，推了我一把，其他的隊友也是。「壞球保送啦！我們贏了！」

K落寞地走下投手丘，匆匆收了自己的東西便要走了。「不是剛剛誰說了要去吃冰？」

K沒有回答，留下我們面面相覷。

忽然間什麼都不一樣了。茫然的日暮，微涼的晚風，霞光烘頰，餘曛在樹。我們就這樣惶惶地升上了國中。

K一開始還有加入棒球校隊，可是輸掉一次重要的比賽後，禁不起教練的責備，大吵了一架，便退出了。據說他跟隨父親的腳步踏入了灰黑的邊緣地帶，開始抽菸喝酒，偶爾聚眾鬧事。有次他在臉書上了放了一張拇指布滿紅色痕漬的照片，洋洋灑灑炫耀著如何以少搏眾，打退了另一群人。我以為那是受傷了，近看才發現那是在警察局做筆錄，蓋指印留下的痕跡。「不過是蓋個章而已嘛！」他這樣寫道。

世界於此慢慢地向我們展露完整的一面，而這一切其實在一開始就已然注定，只是我們最初那超乎常人的熱情、天真、狂妄，輕易地屏蔽了真實世界的殘酷。我參與了K在夢想初初萌發的那段時光，比任何人都還熱烈而近乎瘋狂；然而現實殘酷的引力慢慢取得了主導權，太強大的力量使得K在熱情燃燒殆盡後急速向下墜落。同時間，我上了一所升學導向的國中，心思整天繞著課業成績打轉，猶豫，徬徨，還來不及反應，K的人生已經完完全全偏離了好球帶。他突然告訴我，他要結婚了，他要當爸爸了。這一切，在一開始就注定不一樣了。

關上手機螢幕，閉上眼，我兀自揣摩球場上，那些懸繫著命運的軌跡。毫無疑慮，這次朝我飛來的是一記坦率的直球。

希望這球會安安穩穩地進到好球帶裡了。

和夏天說再見之前

——我是棒球粉

對一般人來說可能還好，但對於我這種自稱喜歡棒球的人來說，可能有點慚愧——我到了高中，十六歲，才進到球場看了第一場球。帶我一起去的人是同班同學克駿，他是一個安靜的人，話很少，就算說了話，每句也都不長，好像隱隱有個扣打在那邊一樣，額度用完了，就要等到明天才會再聽到他的聲音。

當時我們剛升上高一，兩人的位置都在教室最後面的角落。那種座位就是上課的化外之地，說白話點，就是一個自動屏蔽鐘聲和老師麥克風的地方。同時坐在那附近的還有子瀚、庭廣、Ian……，我們變得非常要好，從早上八點開始，基本上就是幾台ipad傳來傳去，打電動、追劇、聽AKB48。克駿也是一個擺明就沒在上課的傢伙，但卻幾乎沒有加入我們的活動。他都整個人靠著牆壁，大剌剌戴著耳機，然後全神貫注盯著捧在手裡或放在腿上的手機螢幕。只有偶而我們太大聲，被老師制止，他才會暫時摘下耳機，抬頭看看四周，發現沒有自己的事，很快又戴了回去。再一次低下頭前，他對我們露出淺淺一笑，好像在說：原來老師罵的人不是我啊。

這就是開學第一個月克駿帶給我的模樣。整個九月，我們也沒人關心他到底在幹嘛，只知道就算下了課，他整個人的狀態也不會有什麼改變，好像連起身去尿尿都不用似的。直到過了第一次段考，來到十月後半，我才終於發現，原來與世隔絕的時候，他都在看美國職棒大聯盟。

那個早上，我湊過身去看了他的手機螢幕。好奇的成分可能沒有那麼多，甚至可能單純是出於太無聊。可是，投打畫面出現在眼前的剎那，竟然真真實實的，感覺自己的世界跳電了半秒鐘、一秒鐘那樣。

過去的事情和感覺都來到了當下。我也曾經有過那麼著迷於棒球的時光。

小學五六年級的時候，和一群男生為了要知道紐約洋基的戰況，上英文課前，都會先跑去英文教室，和英文老師借電腦。迅速連上MLB的官方網站後，五六個人就離不開螢幕前了。好幾次，鐘聲響了，過了好久好久，感覺好怪，其他人怎麼都沒有進來教室上課。原來那時候，大家在班上外面走廊集合整隊，人數有少，所以一直在原地等我們。結果當然是被罵了。但我們還是一犯再犯。

如果罵了就會怕、就會改，那麼幾年過去之後，穿著建中制服的我，也就不會忽然有那種整個人重新通上電的感受。

克駿問我說，你也看棒球？我和他點點頭。真心喜歡一件事就是無我夢中，全心全意活在自己的世界裡。棒球是我的世界裡某個年久失修的開關，懷疑地按下去，記憶還是微微發亮。

●

第二次去現場看球，又是好多年後的事情了。我和法律系的學長傑哥搭著通車才一個多月的機場捷運，各站停靠，慢慢晃去桃園棒球場。那時我大三，傑哥大四，兩個人沒有很熟，但是光一堆學弟能夠問學長的問題：為什麼決定念研究所、那為什麼不出國念、準備考研究所或國考的話需要讀書會嗎……，一個多小時的車程完全不怕尷尬沒話聊。過了機場一二航廈後，四月午後陽光斜斜照進空曠的車廂，我們腳踩在地板上亮暗亮暗的格子間。格子整齊地延伸到列車盡頭，直線前進的生活裡，也是這樣從一個格子，想辦法安穩移動到另一個更明亮的格子。方向固定，不敢偏離。

球賽結束的晚上，傑哥成了和我最好的學長。不知道是因為他提供了我很多生涯進程的建議和指引，還是單純因為棒球。唯一肯定的是，接下來的一兩年間，我跟在他後面，逐一通過了人生的關卡。傑哥通過了律師考試，然後我也進到了研究所、考上了律師。中間我們又一起來桃園看球了好幾次，但隨著一次又一次的入場，感覺自己好像離棒球越來越近，但其實是越來越遠。

我喜歡的棒球已經不是小學時候喜歡的那種棒球了。儘管每次來到場邊，真切聽到球撞擊捕手手套、撞擊球棒的聲音，都還是感到很激動很震撼，但十一、十二歲的我一定沒有想過，自己現在是這個模樣。那時候因為有王建民，夢想是當職棒選手，具體做法可能是要去日本讀高中；這樣的夢想很不切實際，但小的時候不會相信有實現不了的夢想。

而事實上我的夢想，它也沒有在哪一個時刻突然破滅，沒有讓我在某個時間點忽然醒了過來，需要同時面對現實而又覺得自己可笑。都沒有。是幸運還是不幸運？因為我念了升學高壓的國中，夢想根本不需要有誰出現來加以擊碎，它自然而然就會壓縮、壓縮，然後隱藏到生活看不見的地方。

從十二歲到二十四歲之間有太多事情被排在棒球前面了。

中華隊爭搶東京奧運門票的晚上，剛好是大學部的期中考週，我在台前上課輔、教民法，每到一個段落，就忍不住問台下大二的學生：有人在看嗎，現在幾比幾、現在幾比幾。當天先發七局零失分的投手張奕年紀和我差不多，他就是高中時候去了日本、加入高校野球隊，然後現在在日本職棒大放異彩。過去十幾年，當我在念書在考試的時候，他都在不分晴雨、也沒有盡頭地練球吧。

汗流得比較少、眼淚也流得比較少，這樣平凡的我們，是不是能夠參與別人的夢想，繼續以球迷的身分守著棒球，就足夠幸福了？課輔結束後，回家路上滑著ptt棒球版，忽然感覺很快樂、很坦然。不只是因為中華隊贏球而已。

●

夏天結束前的札幌，我和人群一起湧出地鐵的終點站，慢慢往巨蛋的方向前進。人群裡有很多台灣人，大多是三兩結伴的男生，從言談之中就可以感覺出來，他們都是那種非常死忠的球迷：一來對近年職棒的大小消息都有十足的掌握，另一來分析起各種數據或戰術，也講得頭頭是道。相比之下我反而和現場許多日本人比較相近。長大後很常沒耐心、或者沒時間看完九局的比賽，所以著迷的不再單純是棒球本身，而是棒球帶來的意義與陪伴。

是輸是贏都不重要，明天我們都還是要回到各自的日常裡，所以需要的不過是：今天晚上的不孤單。

坐在我右手邊的是兩個看起來和我差不多年紀的女生，打扮很像時裝雜誌的模特兒。比賽中間兩個人離開座位、消失好長一段時間，以為她們提早離場了，沒想到回來後，她們各自拎著一件球衣，拆封穿上後不停自拍，還邀請我入鏡。

左手邊則坐了幾個中年媽媽們，大概是從年輕時代就一直很要好的閨密吧，星期五晚上難得擺脫老公小孩，來到球場盡情聊天，偶而看到安打上壘就大聲歡呼，重溫青春的模樣。她們想要一起合照，但一直抓不好角度，我和兩個年輕女生們幾乎同時開口：可以幫你們拍喔。媽媽們開心得好像小孩子，不斷道謝，還把章魚燒、起司條都分給我們吃。

整個晚上，她們所有人都沒發現我是外國人；也或者發現了，但沒有說。現場的球賽有這種強大的氣場，進到裡面，需要的語言變得很少，或者根本不需要。彼此共享眼前電光石火的剎那，像是全力揮擊的軌跡、美麗飛行的弧線，我們遇見一面之緣的人，不能重播，只能夠記憶。

隔天我又進場了一次。比賽結束後，和散場的人潮反方向，我往最靠場邊的座位走過去。賣啤酒的年輕男生正在清場，看到捨不得離開的我，和我閒聊。我和他說我是台灣來的，為了來看王柏融，但兩天他都沒上場。他聽完後一直和我說對不起，明明都特地跑來了，一定很失望吧……。我笑了一個：「完全沒有喔。」他才安心地和我說，下次再見。

主照明燈慢慢調暗，由刺眼變得溫柔。我想起克駿帶我去看的那場球賽，兄弟對統一。克駿是死忠象迷，但賽前就和我說，如果獅隊獲勝，他有抽到7－11給球迷的特別資格，我們可以下場和單場MVP合照。結果，整個晚上統一一路壓著兄弟在打。克駿幾個小時都安靜抿著嘴唇。我不敢和他說，我是統一球迷。

最後的相片裡，克駿還是笑得很燦爛很開心。那時我不太明白，好多個球季和夏天來到又離開，將近十年後，我才懂了那樣的心情。

宇宙射線

茶碗蒸是我國中時候的表演藝術老師。但她本人和「茶碗蒸」的形象完全不符合——既不溫暖，也不柔軟。那時的她大概是我現在的年紀，二十四、五歲吧，走進了國中一年級的教室，第一句話就開頭自我介紹：「你們可以叫我茶碗蒸，或者碗蒸，要不要加老師隨便你們。」她說這句話的時候完全沒有表情，語氣也沒有起伏，整個聲音像是山谷間垂降而下的白色霧氣，沒有區別地覆蓋每個人。明明應該是拉近與學生距離的手段，但卻有種很冰冷又很遙遠的感覺。

「茶碗蒸」是她名字的諧音。起初，以為她是個冷面笑匠，不過時間一久，慢慢發現：茶碗蒸真的沒有在開玩笑。一個身材嬌小、五官精緻的大姊姊，卻永遠都是沒有喜怒哀樂地說話。下課鐘聲一響，她會立刻關掉麥克風，然後準時離開教室，有人想要問她什麼，她只會淺淺留下一句話：「下次再說。」又或者是：「我講過了，去問其他人。」

她的工作是老師，但同時也充分扮演了一個厭世的上班族。這樣的人格特質並不是大家心目中理想的老師形象，可是其實，她把老師的份內工作做得非常好。茶碗蒸想出來的課程內容會讓班上的每個人都得到某程度的參與感——或至少，不會對這個科目感到有壓力、然後失去熱情。比如說演默劇，主題用抽籤決定，先抽地點再抽情境，每張籤都是同學事先寫好放進籤筒的；比如說舞蹈表演，分組編完了動作茶碗蒸才宣布，大家編的舞要教其他組的同學，讓另外一組表演。還有，每週都要寫課堂紀錄，但是形式不拘，用寫的用畫的都可以，內容沒有限制，讓那頁A4紙有東西就對了。

在茶碗蒸的課堂上，被其他老師、被學校貼上問題學生標籤的人都不見了。那是一所除了成績什麼都不重要的國中，老師們把資源、關愛，還有其他一切，都集中給了可能考上建中北一女的人。在那樣的地方，十三、十四歲的我如果能夠沒有偏見地看待其他成績不夠好、不夠聽話、不夠讓老師們喜愛的同學，都是因為茶碗蒸。我看見其他人編劇的才華、跳舞的才華……，或者感受到了他們分享自己的能力的時候，那樣耐心的語氣、發亮的眼神。我看見了自己才是一無所有的那一個。

而一無所有的我也在那堂課中獲得了許多安慰。青春期的時候，很多瑣碎的事情像是來自外太空的宇宙射線，它們每一分或每一秒，一再以接近光速的速度撞擊我們。不小心開口兇了最要好的朋友。感覺被喜歡的人討厭。夾在兩個吵架的人之間變得裡外不是人。懊惱自己不是一個足夠陽剛的男生。一切的一切，全都發生得渺無聲息，而且得要一個人默默承受，因為說出來了，在那個地方，也不會有大人在乎。可能千瘡百孔的我和我們每一個人。當受不了的時候，我就用很隱晦的方式把它們留在課堂紀錄上——包裹在創作理念裡面，或者當作觀賞心得、表演心得。

茶碗蒸每週都會批改課堂紀錄，但其實她不會留下任何註記或評語，只會用混色的紙蠟筆寫下一個分數，滿分十分。國三的時候我得到台北市作文比賽第一名，請了公假，代表去參加全國語文競賽，結果在所有人殷切期盼下，空手回來。回來後，曾經把我捧得高高的校長和主任都不見了，即便有很多老師關心我的心情，但他們的結論都是：你的心情不要影響到升學考試。我錯過了那個禮拜的表演藝術課，也沒有去和同學詢問進度，最後課堂紀錄只寫了一句話：「我很喜歡寫，但這個禮拜沒有辦法。老師對不起。」

我本來已經做了得到零分的打算。但是最後，茶碗蒸給了我八分。八分的確比我平常會得到的分數低一些，我不明白給分的標準，但我知道，如果我在那個年紀就說自己想要當作家，她會是唯一一個相信的人。

多年以後，已經成人的我偶然看到我們那所國中的校長被新聞採訪。校長在新聞裡強調明星學校，強調升學率，強調家長可能要花三千萬置產或者在小孩幼稚園就卡位遷戶籍……。我再搜尋了茶碗蒸的名字，但發現她似乎已經不在那間學校裡了。我感覺到沒有來由的悲傷還有悲哀。青春期的茶碗蒸還有表演藝術課彷彿大氣層，在緊繃的升學生活裡好像不重要，也沒什麼存在感，但確確實實地保護著我和許多人。她和它讓宇宙射線通過我們的身體時，不足以使人變質或者造成難以回復的傷害。可惜這樣的大氣層也沒有了。

行星燦爛的時候

時間是二〇一〇年的最後，秋天離開、冬天來臨之前。二十一世紀的第一個十年將要結束，生在九零年代中間的我們，正處於體力很多、但能做的事很少的青春期。十四或十五歲的年紀，還不太清楚什麼是智慧型手機和wifi，小時候寫下的志願或夢想，經過九年的義務教育，不一定萎縮，但至少變形成了某幾間學校的名字。

我們再把時間軸放大，更具體一些。

國中三年級的傍晚，考試到六點，然後吃晚餐。半個小時後熄燈休息，再半個小時，七點開始晚自習。時間看似緊湊，但如果吃飯吃快一點，就會在休息之前，多出一個極小段的空檔。

我和班上一群男生在這樣極小的空檔，獲得極大的快樂，大到我甚至覺得，若沒了這段時光，那也讀不太下書了。到底能做些什麼事？班導師嚴禁我們用這段時間去打任何球類，理由不是擔心大家消化不良，而是因為流了汗就很難休息小睡，連帶影響晚自習念書。總之不能去操場就對了。

我們也的確沒有去操場。很快地吃完晚餐後，大家從掃具櫃拎出掃把畚箕，人手一支，浩蕩穿過完全黑暗的美術教室、音樂教室、電腦教室……，前往建築另一側。

到了定點，走廊盡頭、廁所外的空間，我們把放學關掉的燈盞點亮。

如果從班上這一側遠遠望去，會覺得那裡是一顆懸浮在暮色夜色裡，兀自發光的星球。

我們帶著掃把畚箕，是要去打曲棍球的。一個是球棍，一個是球門。球的話則是寶特瓶蓋，資源回收桶裡到處都有。

為了配合這樣簡陋的道具，遊戲規則也稍稍做了更改：一隊三個人，現場分隊，兩個攻擊手，另一個人要拿著畚箕在對面一側左右平行移動，接住隊友大力一掃送往底線的球。

晚上六點十五分，比賽準時開始。單單倚靠著廁所流瀉而出的微弱光線，爭搶起瓶蓋，視覺變得敏銳；笑或叫的同時，汗水滑過初初突起的喉結，忽然真切地感受、而且擁有自己的聲音。

我到現在都覺得很慶幸，這件事完全沒有被班導師察覺——儘管那段時間我們班更換新掃具的頻率異常之高，而且數量很大。導師他是一個魔鬼般的角色，絕對不是能夠默默容許這樣行徑的人，但也或許正因此，獨立於曲棍球笑笑鬧鬧本身，禁忌的不安感、刺激感，更加迷人。

最先帶頭打起曲棍球的那幫男生，本來就是導師眼中的作亂分子，假如真的被發現，導師應該也沒什麼好驚訝的，能罵人的話、能用的處罰就不出那些，兩三年來早就用完了。可是我就不一樣了，如果導師知道我也是比賽的成員之一，究竟會是什麼反應？

那個時候的我只能說四個字：殊難想像。

我們每天只有十五分鐘的時間能夠稱作「我們」，其他時候因為某些因素，必須維持著「我」和「那群男生」，這樣的關係。雖然不到涇渭分明，但就是隱隱有個界線在那裡。

國中的那三年，我當了三年的班長。

前一年是班導師指定的，後來導師換了人，後兩年便成為同學舉手投票。不過，不論班長如何產生，其中一個任務就是管秩序。

風紀股長的工作也是管秩序，所以我的心裡一直有個疑惑：那到底兩個職位的區別是什麼？管秩序有重要或者麻煩到，需要特別獨立出來，讓兩個人彼此分擔？

高中在建中就沒有這個困擾了。班長大概是個形同吉祥物的存在，風紀股長的話，負責點名，記錄誰請假缺曠。我高二高三就是當風紀股長，頗受好評，因為偶而我會把點名板帶著直接蹺課；如果待在教室，還有各種小招數掩護蹺課的同學，就這樣連任直到畢業。

總之，建中沒人在管秩序的，人有出現在該出現的場合，就已屬難得。可是回到國中那個時候，管秩序，完全是玩真的。隨時隨地大家都要想到：班上有祕密警察錦衣衛。一旦踰矩，座號會被登記下來，馬上等著受罰，沒有監督也沒有救濟。而且「踰矩」本身，也沒有個明確的定義，累犯無條件加重，一行為可以好幾罰。

其中一個很荒謬的處罰叫作「遊康橋」。意思就是，罰抄徐志摩的〈我所知道的康橋〉。那是國中二年級的課文，當天被登記幾次，放學就留下來抄幾遍。為什麼特別選這一課，因為它是所有課文裡面篇幅最長的。班導師教英文，他還認真一個一個字去數，總共兩千多。我自己要到了大學念法律系考期中期末考，才一次寫過那麼多字。

國中老師沒有意識到，讓一個小孩擁有那麼大的權力有什麼不妥，國中的時候我也沒有。唯一我知道的事情是：做這個工作，很容易被討厭。遭受處罰的同學討厭你，理所當然；可是如果什麼也不做，就等著被班導師責問。更別說我自己也會講話，也身在會因為興奮或難過而大小聲的青春期，那麼要不要處罰自己？

這是一個天秤，要不失去友情，要不就失去老師的信任。後來讀建中的我，很顯然選擇了後者，用最大的力氣或小聰明，守著成為大人前的記憶與快樂。但國中時我真的不知道怎麼辦才好。或許就是沒有平衡兩者的作法，這種情況沒有激發我什麼潛能，只讓我早早學會了低劣卻實用的生存之術。

十四五歲，我採取的方法是：不要自己當壞人。

別忘了風紀股長也是做同一個工作的。我消極地眼睛睜一隻閉一隻，風紀股長還是會出手登記違規的同學，這樣對老師也就有交代了。

三年裡做過最多次風紀股長的是W。W成績不到頂尖，但絕對是非常認真上課和讀書的小孩，符合升學學校的普世價值，自然也是老師心目中可靠的對象。他也確實沒有辜負那樣的信任，管起秩序堅決不放水，班上那一群男生求他沒用，乾脆豁出去用咆哮的，W也就站在講台上咆哮回去，手上拿著粉筆，順便喀喀再記上幾筆。

奇妙的是，W也沒因此和那群男生互有什麼仇恨，甚至平時他們還滿要好的。W什麼球類都擅長，跑得又快，班上所有競賽都要靠他，這樣的人離開教室最受歡迎，朋友最多，想來好像不意外。倒是我，那群男生和我看起來也很要好、很融洽，但只有我自己心裡知道，我終究、應該，不屬於他們那一群的吧。

會打招呼的朋友，和會打打鬧鬧的朋友，完全是不一樣的。真正算是朋友的只有後面那種。

最初一群人去打曲棍球的時候，他們沒有找上我，我只是一個人趴在教室的女兒牆上，遠遠看著對面盈盈的黃光。那像是另一個時空或星際。伸出手以為握住了它，但鬆開掌心什麼也沒有，光暈與暗影依然在那。

國中的我常常想著，自己吸引人的地方是什麼？成績好能算嗎⋯⋯。這剛好就是升學體制下，大人們最想要的東西。不偏不移地走在預設好的道路上，沒有質疑，也沒有衝撞。其他人呢？每一個人，多多少少也都如此努力過吧。努力到某個關頭，該要繼續屈服或是做自己，困惑又掙扎，所以也做出了平衡——選班長的時候迎合老師和家長的期待，但交朋友不一定要如此。理想和現實區分得清清楚楚。

可以的話，我多麼希望自己不是那樣遙不可及的人。青春期的我是認真這麼想的。地球上的生存規則竟然讓人這麼孤單，我也想要來到其他男生們那顆星球，過著不怕雷劈天打、整天真心話又大冒險的生活。

於是我主動拿起了掃把畚箕，像是什麼太空裝置，去實現了這個心願。

初次登場的黃昏，我先待在場邊看，偶而恍了神，發現天色越來越黑。女兒牆外隔著沒有燈火的操場，遠遠有著高樓一扇扇亮起的窗。那些遙遠無垠的黃光白光，穿越失重的黑暗，有些破碎、有些擱淺，最後有些遷徙到了我、還有我們的身旁。

宇宙裡的星星既不是俯視也沒有指引，就只是陪伴著。

來到國三下學期，我已經成為了曲棍球隊的固定班底。

隨著天氣轉熱，大家又想到了新的花招。掃具櫃打開，換成拿出一個個水桶，然後寶特瓶蓋也不要了，倒是留下了瓶子。接下來就是打水仗的時代了。天黑漸晚，黃昏越來越長，不再需要開燈，但需要一整條走廊。水桶放在兩端充當基地，沿途的洗手台飲水機都是補給站，我們攻擊當作防守，晚霞罐裝在寶特瓶裡，晃晃蕩蕩，奮力揉捏的時候，在視線裡剎那成為漩渦或者風暴。

怎麼判斷輸贏？這沒有客觀標準，感到快樂就是勝利。唯一的限制是：要記得自備毛巾，和別人共用也可以，換洗衣物的話自行斟酌。六點半的鐘聲響起，回到座位上，不可以看起來濕答答的。

班導師好幾次在廁所外瞥見我們擦去身上的水漬，以為我們去打球，大聲質問。大家極力否認、堅持沒有，也就給他呼攏過去了。

只是這樣的日子也沒有太長，夏天來到之前，監視器將我們逮個正著。學校本來在調查一起偷竊案，小偷沒抓到，卻看到一群人閃躲、奔跑，經過之處一片狼藉。

事情爆出來的那個晚上，我們照例擦乾身體換衣服，回到座位上趴著。教室的燈熄掉，一片黑暗與安靜裡，跟鞋的聲音由遠而近。然後，一道嘶吼闖進來，大聲喊了幾個名字。幾個男生被叫了出去，大家全都從恍惚的淺眠之中醒來。

那是班導師的聲音。他在走廊咆哮一陣，忽然轉身把教室燈全部打開。四五個男生被領了進來，導師要求他們當場指認，還有誰也玩了水。

他們站在講台上，卻不願意開口。

「說啊，平常不是話很多嗎！」

劇烈的光線和聲音。

「啞巴啊！」

彷彿隕石撞擊。

他們還是低著頭。

我從座位上站了起來。

接著更多人陸續起身，但我看見了導師眼神完全沒有離開我。比起注視，更像呆滯。

「還……還有沒有？」導師把我們全帶出去，關上了教室燈。

後來我和大家一樣，寫了學生自述書。這是我人生第一次，也是唯一一次寫這種東西。事情經過監視器拍得一清二楚，沒什麼好多敘述的，所以實質上都在懺悔。我們一群人在導師室外邊寫邊罰站，覺得自己也沒什麼錯，但還是深切地寫了一堆大人想看的話。帶頭的男生撞了撞我的手肘，「知道我們平常的感覺了齁？」我說嗯，抱歉啦。他又說：「欸幹，等等交出去的時候，記得演得好一點。」

我也推了他一把，「靠，原來現在是寫腳本。」

事情就這樣告一段落了。除了寫自述書，我們的處罰是：往後禁止留在學校晚自習。但畢竟是升學學校，最強調讀書氣氛，導師沒多久又解除了這個禁令。我不知道其他男生們有沒有回去，至少我沒有，因為那之後沒多久我就保送上了建中。

男生們之後也都各自考到了很不錯的學校，升上高一前，暑假最後，大家又約了一次玩水。他們主動問了我加不加入，這次地點是八仙樂園。

那是一個很棒的夏天結尾。日光豐盛，笑聲明朗，水痕晶瑩。回程的公車沿著觀音山腳開往關渡捷運站，我們沒位子坐，拉著手環站在黃昏深深淺淺的陰影裡。累又滿足地閉上眼，偶而搖晃而睜開，窗外是台北港傲岸的支架。

往後我們就很少見面了。八仙樂園也在我念大學時永久打了烊。不過爸媽退休後去八里住，讓我有機會帶一批批不同來路的朋友去附近的小山坡上野餐。山坡上可以看到淡水河緩緩入海，接近日落，我會帶著大家走下去，穿過防風林到出海口的沙灘。

不管哪種朋友，第一次來到一定是忙著拍照。我就坐在廢棄的漂流木上，安靜看著遠方的台北港。

什麼是理想，什麼是現實，我成為大人了，才知道，成績好又聽話才是地球上的現實，真心和快樂不過是理想。但另一個星球和這裡相反。

遙遠行星上的男孩們現在在哪？

我不確定。只看到，天要黑了，也不會再有一台時空機器讓我移民到另一個星球。

輯二　在全世界遇見你

那個已經遠遠離開高中的我，還牢牢懷著美麗的信仰。幸運的是，讀了一些書、遇見一些人，覺得自己一直、一直受到祝福。

燈火在等著我們

◆

吹風的時候閉上眼，我覺得生活就是那些拼湊但分明的色塊。

山綠海藍，淺灰流雲，乳白鮮花。還有褐色的柵欄、土黃的峭壁、粉紅色的戀人……。彷彿能夠一一對應：安穩或波動，毫不介意與默默在乎。然後日子往前走，一路變換著謹慎、害怕，興奮、難過。

偷偷和你說喔，笑聲和眼淚並不是沒有色澤。哪天回憶忽然盈滿光線，會發現每一次身不由己的調色，都是最美的、最美的。

◆

關上車燈，在銀河底下，撥電話給不在身邊的人。想和他說：適應黑暗的時候，也就將是看得最遠的時候。鋪天蓋地的星宿和燈火都在等著我們。

◆

高鐵靠站時，有直達車從隔壁月台經過。一瞬間，車身傾斜、搖晃，人在座位上像是失重一樣。身體和心臟都被輕輕抬起，然後很快地放下。

可能是背向離去也可能是超越我。謝謝那些與我一期一會、剎那的相逢。像劃過的流星，將滅的燭火，捏住鼻子牽起手，三、二、一，我們唯一一次，一起跳入泳池之中。

◆

夏天要來了，高鐵把沒有烏雲的黃昏和滿是燈火的夜晚縫在一起。

希望你以後擁有很多這樣的剎那：在車窗上看見倒映的身影，想起自己每個勇敢又快樂的時候，明白此刻要去一個很遠很遠、而沒人能夠取代你的地方。

◆

Dear J：

我順著一路鋪開的夜色往新崛江走，在捷運中央公園站的出口外，看見了一個男生正在打鼓唱歌。他大概比你我都大一些吧，二十多歲，坐在整套的音響還有爵士鼓之前，人群圍繞著，路燈雪白的光瀑成片潑灑著，鼓棒繁複的軌跡之間是一張五官深邃的臉。

當路口轉為綠燈時，打鼓的男生說要唱今晚最後一首歌了，滅火器樂團的《晚安台灣》。我輕輕拉住同行友人的衣角，「那就把它聽完吧」。男孩說那是他自己最喜歡的歌，台語，邊說邊露出靦腆的笑容，不時低下頭搓揉手掌心，略略顯得緊張，方才振臂打鼓時，彷彿在夜空留下華麗的圖騰，自在自信多了。而轉眼，浪漫又搖滾的前奏已經從音響緩緩流出，他輕輕開口唱：

在這個安靜的暗暝，我知影你有心事睏袂去，想起你的過去，受盡凌遲，甘苦很多年……

J，那嗓音那鼓的共鳴，溫柔得讓人剎那失心。路口成了一顆微小的星球，開始自轉，車燈人影掃過像是環繞的雲帶。我覺得自己就快要掉下淚來。這到底是為什麼呢，是這首歌讓人與島上的災難、抗爭、傷口連結在一起嗎，是第一次聽到有人現場震撼的打鼓演唱，還是因為……J，我走過你高中讀的學校，穿過你熟悉的十字路口，現在站在這裡聽歌；友人說他以前暗戀的女孩住在苗栗，所以經過苗栗車站時總是激動不已……

我覺得每個音符都是稍縱即逝的流星。那時躲在被窩和你說過的每一句話也都是。它們劇烈摩擦夜空，閃現細碎的火光，得不到的獎，愛不了的人，不知道該往哪裡去，都不是一些別人願意關心、或能夠分擔的事情。但你告訴我不要忘了許願，並且為我收著隕落的殘骸。剩下你知道我怎麼通過那些安靜一人的夜晚。歌聲盡了，我會守著那些曾經撞擊胸口，微微發燙的旋律。剩下你能夠拼湊我們一路長大的軌跡。

荒島少年

還是小學一二年級吧，讀了《十五少年漂流記》，那時只覺故事裡是一場精彩、但遙不可及的冒險，殊不知，那也將是十年後，我在男校生活的全部隱喻。

十年後的我離開了有人逼迫念書、考試的義務教育，漂流到了荒島。島上只有我和一群年齡相仿的男孩，夏天，我們穿著吊嘎、踩著夾腳拖躲避叢林猛獸的追捕；冬日，我們窩在簡陋的避難所，掩緊門扉，用盡辦法取火煮起簡單的火鍋。我們慢慢有了自己的結社、自己的歲時祭儀，偶而也會翻越柵欄，出海，靠著自己去認識世界。而理當是認識世界「正確」的方式：島上日日放送的生存講習，則不一定有人在乎……

最後，是時間鑄成一艘大船，把我們接走。我不確定在荒島上學到什麼，但錯過的不要比較多，那就足夠了。

聽我們說話的人

你相信，有一天，世界會變得和自己十六、十七歲時所想像的一樣嗎？

二〇一二年十二月，馬雅人預言的世界末日慢慢靠近。不過比起世界末日，恐怕更快來到的是我們班、建國中學二年五班的末日。

建中是一個很自由的地方，上課愛來不來、作業愛寫不寫，要不要打掃、要不要考試，原則上都沒有人管，或者說，沒有人管得動。但這樣隨興又隨便的學校，也有大家沒得選擇、身不由己的時候，英文話劇比賽就是其中一個。高二的每一班都要參加，沒什麼條件好談，時間到了就是要去比賽，站在台上發呆也沒關係，總之要有人站上去就對了。啊，還有，如果要開口說話的話，要說英文。就是這麼簡單。

簡單個鬼。真正輕鬆容易的，大概只有擺爛和裝死這兩件事。而那時，我們班、建國中學二年五班，還真的爛得很徹底，離死期很接近。當別班寫好了劇本，我們還沒選出誰編劇；當別班的劇本備受英文老師讚賞，開始選角，我們的編劇還是從缺。當別班開始背台詞，開始第一次、第二次排練，然後又租服裝又做道具……，同時間，我們還是沒有劇本。因為我們還沒有編劇。

上英文課的時候，年輕的老師很擔心我們的進度，想要幫助我們，我們和她攤牌：二年五班、什麼、都沒有。好歹要開了個頭，才能幫得上忙。老師問我們該怎麼辦，全班卻嘻嘻哈哈的，一副事不關己，乾脆地回答：不知道。這樣的對話反覆上演了好多個禮拜，終於有一次，她怯怯地在台上說：「那我就不管你們了喔……」

沒有人回答老師。主要的原因可能是，沒有人在認真上課。

被英文老師放棄的那一天是星期五，距離比賽剛好剩下一個禮拜。看起來我們真的是要一群人上去舞台發呆了，只差沒確切選出是哪些人上場代表丟臉而已。

我不知道那個時候我的同學們是怎麼想的，但剛滿十七歲沒多久的我可是完全樂在其中，甚至可以說，得到前所未有的快感。我從小是個循規蹈矩的小孩，知道不能、也絕對不敢去碰觸這個世界的某些死線，現在，卻有個機會可以盡情試探、用力踩踏大人立下的遊戲規則，怎麼可能放棄？重點是，有一群人正打算陪我這樣做，而且也沒有誰會因此遭受什麼不利益或懲罰。

不過，這樣罪惡的快樂也就到那一天為止而已。星期五下午放學前，班會課的最後，班導師又再一次和我們提起了英文話劇比賽。他也是怯生生地開口，然後努力擠出一個微笑問道：「所以你們真的要站上台放空？」那個笑一看就知道是裝出來的。

導師是個很年輕很年輕的男生，我們是他帶的第一個導師班。換句話說，到二〇一二年的十二月為止，他這輩子也才當導師三個月而已。比起班導、教數學、前衛生組長這些身分，他更像是一個平常陪我們說說笑笑還有打籃球的同學之一。

本來以為，導師這樣最後一次關心我們毫無動靜的英文話劇，會和從前一樣石沉大海，淹沒在一片笑鬧中。沒想到，坐在最後一排的Nash忽然摘掉ipod的耳機，抬起了頭；他一邊翹著二郎腿一邊拍桌子，大聲叫：「我想到了！」

全班都回頭往他的方向看去。

突然變得好安靜。大家露出不可置信的眼神。

Nash開口，他說出了一個絕對夠資格得到第一名的劇情大綱。而且，一個禮拜的時間去準備演出它，綽綽有餘。

●

整個大禮堂燈暗了下來。在後台就位的我們搬出唯一的道具：一個超級大的屏風，用無數個紙箱組裝而成，橫越了整個舞台，而中間是鏤空的。

坐在台下看去，那就是一個只有邊框、空心而且巨大的長方形。因為邊長實在太長了，做工又不精細，很容易倒塌，所以從頭到尾、十五分鐘的演出時間，都要有人在兩側撐著。

那是一個電視螢幕。然後，我們又在「螢幕」前放了一張椅子，燈亮了以後，Nash就走上台，坐在椅子上。他拎著教室拿過來的冷氣遙控器對著「螢幕」一按，整齣戲就要開始了。

我們演的是一齣搶劫案。不過，並不是一個現場發生的搶劫案，之所以擺上一個電視螢幕，是因為我們要演的是：新聞媒體所報導的搶劫案。Nash坐在螢幕前，用遙控器轉台，不同新聞台會訪問不同的人，可能是目擊者、可能是嫌疑人的親友，記者會請他們說說他們看到的現場，或者他們記憶裡嫌犯是個怎麼樣的人。

我不太確切記得有哪些角色了，但知道演員陣容有Ricky、Eric、瑞環、傳翔等人，這些班上的活潑來源，接連上台火力全開，在記者的提問之下，當起社會的亂源。他們沒有額外的道具，沒有特別準備服裝，除了剪輯了晚間新聞的片頭音效，剩下時候完全沒有背景配樂。從頭到尾都要靠表情、靠動作、靠語調……，靠著一身演技。不過這樣說好像也不是很正確，與其說演技，不如說，他們是上台演出平常的自己。我們每一個人都是平凡的市井小民，電視上被訪問的人，在螢幕之外，也都只是平凡的市井小民。

所以Nash對這些演員的指示只有一個：這是你第一次上電視，要興奮就興奮一點、要憤怒就憤怒一些。可以搶鏡、可以浮誇，沒看過沒聽過都說成有看過有聽過，那就對了。

而最後，劇終前，會換另一批演員上場，他們不用講話、沒有台詞。我們會把螢幕和椅子都撤走，實際演出媒體口中「搶劫案」的真相。

很短、很平靜，而且根本搞錯了兇手。至於真的兇手是誰，沒有人在乎。

全劇在此結束，Nash會出來帶大家鞠躬謝幕。

那是距今七年前的時候，二〇一二年的十二月。那時，還沒有「媒體殺人」這個詞彙，公視也還沒有推出《我們與惡的距離》影集，可是一個十七歲的高中生卻在一個毫不起眼的話劇比賽，想出了這樣的劇本。現在回想起來，都還是覺得不可思議。

這七年間我對Nash的佩服絲毫沒有減少。當時的佩服，可能著重於劇情結構的巧妙，因為只有三十秒的搶案，卻可以足足演滿十五分鐘，而且劇本能夠在一個週末大家分工完成，絲毫不會有矛盾。離開高中，年紀變得更大以後，佩服則完全是來自於劇情構想本身。我接受了完整的社會科學訓練，然後通過律師考試，但其實並不確定，自己是不是也終於擁有了那樣的洞察力和表達能力。面對這個世界所發出的尖銳提問，能不能也在最後關頭，千鈞一髮之際，給出一個面面俱到、又強而有力的回答？那比呆呆站在那裡、站在台上，困難很多，也帥氣很多。

●

我覺得我們的英語話劇很棒，比起千篇一律的歌舞劇或者男扮女裝更厲害。可是最後並沒有得名。

連最佳編劇和最佳導演也沒有。

後來，我念了法律系。在大學裡慢慢察覺：學法律可以實現正義、學法律可以保護自己，這些都很不切實際。到頭來，我最希望的是能夠對抗這個世界，對抗我所不樂見的事情。學法律只是讓我的聲音「有機會」被聽見，然後「有機會」被更多人給接受。

聽起來很自不量力吧。不過回想起來，十七歲那場英文話劇比賽，就是我抬起頭來，面向世界的開端。好想被理解。好想被肯定。帶著這樣的心情好多年過去，問我做到了、達成心願了嗎？答案當然是沒有。但我卻意外得到了另一個東西：我超級會考法律系的考試。

很多人以為法律系的學生就是背法條，整本厚厚的六法全書給它吃下去，但其實更重要的，我們在學的是如何解決問題。之所以會成為問題、雙方各說各話，就是因為那個情況法條沒有規定完整，或者，根本沒有規定。而這就是考試要考你的地方。

所以，當我變成學長、變成法律學院的助教，我都和學弟妹說，寫考卷的時候只要做好兩件事。第一，在法條有規定的情況，使用正確的法條完成推理。第二，發現法條沒有規定的時候，詳細地說明為什麼你做出這樣的決定。說服得了自己，才有辦法說服得了改考卷的人。至於最後答案和結果是什麼，不是很重要。

這樣說來感覺很容易，但其實背後需要很多的鍛鍊。法律學院的必修課因為時間不夠，能夠讓大家學會第一個步驟就了不起了。畢竟一部法律有幾百多條，要記下來裡面規定了什麼、區別什麼有規定什麼沒有，得花上不少時間，反覆經歷記了又忘、忘了再記……。更別說，考試科目總共有十來個。

至於第二個步驟，學校根本沒有空、甚至沒有辦法教你。為什麼有過失？為什麼違反誠信原則？為什麼屬於情節重大？這些空泛的法律術語，都等著我們參考前人的想法，考量時代改變，最後再加上自己一切生活經驗的總和，給出合情合理的判斷。或許有好壞之別，但往往沒有對錯之分。

這也是我自己寫考卷最喜歡的部分，想要表達什麼批評什麼，在這裡盡情給它說，整個版面都是我的。答案最後如何，不重要……

才怪，說答案不重要都是讓考生安心的鬼話。答案超重要的好不好。補習班老師說過一句讓人印象很深刻的話：「你以為你是誰？沒有人想聽你的意見好嗎！」

「國考的題目卷叫你要寫個人想法，是叫你把某位老師的想法當作自己的想法！」

我從小是個循規蹈矩的小孩，知道沒事不要和自己過意不去，不要去踩某些死線。都能記下一堆有的沒的規定了，額外記下出題者曾經公開的心證，還會困難嗎？

可是，我唯一一次背叛出題老師，就發生在考國家考試的時候。

●

時間是二〇一八年十月，司法官筆試的最後一天。民法考卷第一大題的第二小題，完成第一步驟的法律關係分析，會發現問題很單純：A以人工生殖的方式生下與自己有血緣關係的小孩，他的同性伴侶B可不可以收養這個小孩？

這就是法律沒有規定的部分了。而且我知道最高法院的標準答案：不行。考試前，補習班的總複習課程還有特別整理出相關的裁判。

我實在寫不下這種回答。

內心沒有任何一點猶豫或動搖嗎？一邊是分數，另外一邊……。我敢說，當下其實很堅定，我要選的就是另外一邊。

真正的難題是：我的理由要寫些什麼？

我要說服的是那些年齡是我的兩倍、或者三倍的人。他們念法律的時間，甚至遠遠超過了我目前的歲數。

可以做得到嗎？可以這麼任性嗎？可以吧，我告訴自己。腦袋開始浮現一些畫面，好像有關聯，但好像又沒有，沒辦法直接寫在答案卷上。那是一些好久以前，我還是高中生的事情：剛升上高一，公民老師放了電影《為巴比祈禱》，當時我很納悶為什麼不好好照著課本上課，而看完後，覺得巴比的故事好哀傷……。然後是剛升上高二，新的公民老師放了紀錄片《島國殺人紀事》，當時覺得太好了有影片可以看不用上課，而看完後，覺得蘇建和的經歷好哀傷……。

離開建中以後，我才真心體會到那兩個公民老師，都是無比珍貴的老師。他們想要帶給學生的是課本上沒有的、是考試不會考的。但那往往才是最重要的東西。不曉得他們知不知道Nash一手編導的英文話劇——知道也有那樣與眾不同的學生，在他十六、十七歲的年紀，就已經長成這個國家未來最迫切需要的公民？

兩個老師都那麼年輕，那時都才二十幾歲，把時間用在一些與升學考試無關的事情上面，難免會受到一些壓力吧。來自學校的，家長的，前輩的。真希望他們能夠知道自己正走在正確的路上，所有的堅持都沒有白費。畢竟，至少至少，幾百個教過的學生裡面，也出現了一個Nash這樣的人。

回過神來，手錶的長針移動好多格。後面還有另一個大題，就要沒有時間了。也就在這個時候，忽然閃過一個念頭：是小孩要被收養，干大人什麼事？

小孩從來就不能決定自己要被誰收養，能不能被收養，取決於這對小孩是好還是壞。法律術語叫作「未成年子女之最佳利益」。所以什麼是最佳利益？不是小朋友本人，沒有人會確切知道；但要比誰距離童年時代比較近、誰比較清楚現代小孩的想法和處境，我還會輸那些出題目、改題目的老人家嗎？

不到十分鐘的時間，我就寫了整張A4紙：同性配偶家庭的小孩容易被歧視，難道單親家庭的小孩就不會？所以這個最常見的主張根本毫無邏輯。

再來，小朋友最怕家裡大人吵架了，就算不讓B收養A的小孩，兩人將來還是會住在一起。如果哪天兩個人意見不一樣，A有沒有可能脫口而出「你和小孩在法律上沒任何關係、你沒資格說話」這樣傷人的句子？超有可能好不好。

最後，B哪天死掉，因為和小孩沒有親屬關係，小孩完全不能享有任何保障。就算B好好活著，如果以後立法通過同性配偶可以收養小孩，那麼過去中間這段真空期發生的各種法律事項如何定義、如何彌補？相反的，如果立法不允許這回事，那收養也就自動無效而已，成本超低的，你們大人不是最喜歡考慮成本問題了？

而且而且，就算成本很高，有任何人會希望自己終其一身追求的幸福、存在的價值，只因為成本問題就被否定？曾經真心的笑容、掉過的眼淚，都那麼不值錢嗎？

●

結果那一大題的分數，比起寫下裁判書見解的人，我少了大概二十分。雖然我寧願相信，是因為其他子題回答得不夠精彩，才少了這些分數。

不過，半年多以後，司法院釋字第七四八號解釋施行法裡面採納的是我的見解。感覺自己獲得了最後的勝利。那是二〇一九年五月的某個下午，許多和我差不多年紀的人，或許站在立法院前淋雨，或許在上班上課卻緊盯著手機，視訊直播裡，我們看著法案一條一條通過，感覺我們這一代人終於獲得了最後的勝利。

即便那樣的勝利很小很小，只占了一小部分，但都還是能感受到：「你們是未來的主人翁」，這樣小時候常聽到的句子，幹話歸幹話，但好像也不完全是騙人的。

不管是基於什麼理由，慢慢的，這個世界真的有人聽見了我們的聲音。或許理解來得晚了些、回饋終究少了些，但讓人能夠也願意，再堅持、再努力下一個、下兩個八年或十年……

直到有一天，世界變得和自己十六、十七歲時所想像的一樣。

二〇一二年十二月，英文話劇比賽結束後，馬上就是校慶。建國中學二年五班差點又要面臨另一個世界末日，但同樣被Nash拯救了回來。

校慶當天，高二的每一班都要創意變裝、繞場經過司令台，娛樂來賓和長官。校慶是禮拜六，拖到前一天下午，我們依然沒有任何規劃，沒有主題、沒有配樂，甚至連要給司儀念出來的介紹詞都沒有。

一樣是在班會課，導師憂心地問我們該怎麼辦；然後一樣是Nash突然開了口，大家毫無反對，立刻採納了他的意見，認為那一切，實在太神了。

隔天我們每個人把報紙當作圍裙穿在身上，一些人舉著標語，一些人拿著報紙捲成的棍子。另外，有一個人走在最前面，戴著海報紙粗劣製作的恐龍頭套。

二年四班離開司令台後，大型音響連續播送的音樂戛然而止，司儀也放下了麥克風。我們走入場，拿著紙棍的人忽然離開隊伍，跑去毆打最前方的「恐龍」。

整個操場只有三十二個人的聲音，嘶聲反覆喊著：「你好大，我不怕」、「我是學生，我反旺中」、「捍衛新聞自由，反對媒體壟斷、反對媒體巨獸」……

我偷偷看向司令台上，所有人的微笑都不見了，所有人都很尷尬。只有遠遠的地方，導師拿著手機錄影，對我們露出理解又肯定的微笑。這個笑就是真的了。

後來那一天，二年五班成了唯一登上新聞版面的班級，至今在網路上都還找得到我們的身影。大學時甚至發現，當天的照片被收錄在許多版本的公民課本之中，更多十六、十七歲的高中生將會看見我們。當時說正經其實也不是很正經，說荒唐但其實一點也不荒唐，剛好也是十六、十七歲的我們。

而到了今天，那家媒體發生了什麼事、變成什麼模樣，全世界都看到了。

你相信，有一天，世界會變得和自己十六、十七歲時所想像的一樣嗎？

我有點信了。

十月

十月的黃昏就是灰色的了。夏日終於遠遠離去，不會再回頭，不會像九月一樣，偶而有波鋒面來，陰陰雨雨一陣，一兩天又四處是過剩的陽光。十月只能依靠穿過校園、沉沉的鐘聲界定出傍晚，放學了，我跨上腳踏車，掠過漸散的人、將枯的樹，安穩的轉速裡，腦中一直是這樣的句子：教室外頭是死心塌地的灰，而且還有點冷。

真的是死心塌地，關於那段日子，我實在想不到什麼更貼切的形容詞了。進入大學第二年，散漫的生活過慣了，真難想像自己在高三的時候能夠耐住無聊、沒有二心，安安分分地與書本廝守，長長久久地與誘惑對抗。我在想，當時我們徹底占有的一樓教室，時間應該是被阻隔在外的吧。所以我們在裡面坐睡笑哭、考試念書背單字，卻毫無漫長的感受，也暫時沒有再丟失掉任何一點點青春。離開後還可以在新的學校、新的地方大把虛擲。

現在回頭把時間放回去，與記憶對齊……。十月在高三那年，或許是一個最尷尬的節點了，盛夏燦爛遠去，桌上的複習講義漸漸有了畫記、有了摺痕，暑期輔導時我們從《爽報》剪下，貼在教室布告欄當作女神膜拜的「最萌榜首」，不會再每天下午按時散發迷人的金光。漂亮姊姊褪色，有一天灰撲撲的風灌進教室，單薄的她就成飄散的紙屑。我們都離玩得最瘋最狂的那一年已經一個夏天。而升學考試不近又不遠，還有一整個冬天的距離。

後路已無可回顧，前途仍茫茫未知。

時間的交界，將要成年的我們只能走著、走著。在每一個午後五點鐘暫時離開與世隔絕的教室與校園，穿過一個又一個十字路口，一起吃頓足以抵抗生活一切艱難、苦悶，但卻又簡單的晚餐。灰色的黃昏因川流車潮而微微亮著。我好想知道那段光景的我們，走路的時候，吃飯的時候，都在聊些什麼啊。一大群男生，剃了平頭的、關掉臉書的、與戀人不再連絡的……，在不前不後、無所特別的十月。可是努力想，怎麼也沒個下落，盡只記得一些瑣碎的枝微末節：吃當歸冬粉一定叫上一盤沙魚煙，小碟子裡醬油膏和芥末濃稠地和著，一群人沾著、分著吃完；在水餃店點完餐，總會有人自動幫大家盛滿醬料，醬油滴入幾滴香油，灑上蒜末，老舊的電視正準時播出烏龍派出所。

還有一次，在新開的麻辣鴨血店，老闆娘似乎沒有經驗，一個人手忙腳亂的，發了一人一個紙碗，就叫我們自己去湯鍋邊盛滿。湯鍋竟是放在窄小的二樓閣樓，最裡面的位置，沒有人看顧，一群大男生不敢置信地舀著，每一匙都好不踏實。突然，老闆娘又朝樓上大喊：「可以幫阿姨外送一下到對面嗎？」

真照辦了，還得到一碗虱目魚湯作為答謝。

後來那天，我們幾乎是一路大笑走回教室晚自習的。穿過涼風，那畫面，那笑聲那蓬鬆的衣衫，是不是很飄逸呢。十一月就要來了。我和男孩們只是披上外套，卻不知道往後的自己再也不會這麼容易滿足，而且快樂。

在全世界遇見你

二〇一四年的冬天，老師接下了一個旅行書寫的計畫，帶著我和一幫同學去島嶼的南方長住一陣，任性但認真地過生活。那些日子，每天早上的陽光初初透入百葉窗，老師就煮一壺又濃又香的黑咖啡喚醒我們。好溫暖。

我總覺得那像是某種迷人的召喚。

那樣的生活氣息與段落，一次又一次促使我想起最初與老師相遇的時光。是十七歲手裡的一本詩集，《有信仰的人》。我翻著、輕輕念著，再也沒力氣讀下教科書的深夜，就捻熄房裡的所有照明，只留下桌前檯燈微微亮，一遍一遍抄下自己喜歡的句子。「告別已經模糊／當時沒有岸，我只記得／我們說了好多洶湧的話／胸懷之中好多洶湧的理想」。「關上燈以後，／仍樂於相信／那些會流淚的星星」。我至今仍能記得那樣的感動，舒緩的語調、細膩的意象，俱皆安穩地棲息在斑斑墨水痕裡，墨水攀滿整張紙，最細微的情緒在一筆一畫的末梢騷動、蕩漾……。心底不知道哪裡的暗處忽然就被點亮了。

那本詩集是E給我的。高二的E是校刊社主編，在一間偏重數理科學的男子高校，這樣愛好文學、文科能力突出的人實在不多，我在因緣際會下認識了他，兩個人一拍即合。我也喜歡塗塗寫寫，好多時候提筆的欲望是那麼強烈，深深害怕經歷的感受、擁有的知覺，快樂或憂傷，會永遠遺失了。但其實那時的我離真正的文學創作還很遙遠，只不過是寫作文時，文字能力稍稍出眾而已；要不是老師……，要不是E和我說了老師的名字，我可能遲遲不會讀到更多好作品，自己埋頭琢磨，久久沒法寫出什麼進展。記憶裡是一個冬日盡頭的午後，我和E走在街上，他說想要等自己社團的任務告一段落，好好寫作，詩或散文都是，「可能去找凌性傑吧！」

我握緊了拳頭，默默記著這個名字。春天以後，高二下學期最初，就帶著自己的文章，循著教師辦公室的座位表找到了老師。好緊張啊，現在回想起來，這需要多大的勇氣呢，主動向從未有過交集的長輩自我介紹，然後害羞地擠出這樣一句話：「老師，我可以拜您為師嗎？」

而還沒回過神，老師就答應了：「好啊。」

沒有更多話了，就是短短一句，「好啊」。放學時分，黃昏的光盈滿整間辦公室，老師就只是對我微微笑著，那樣的笑容令人感到安心。會這樣老師老師地叫，大概就是從那個時候開始的吧；從此對我來說，凌性傑不再只是隔壁隔壁班的國文老師、校刊社的指導老師了。而那久久不墜的微笑，我將會慢慢明白，那是老師人生與書寫的全部隱喻。

認識凌性傑以後，一直這樣覺得：老師的生活，比他的文字更加令人傾心。而他的一字一句，在在都不過是為了體現、還原自己的生命情調，如此而已。距離十七歲已經有段時間了，可是我還是執著地把《有信仰的人》和《愛抵達》兩本詩集放在床頭，讀了再多書，睡前依然習慣翻翻它們。反覆溫習那些簡單自然，卻每每恰到好處的意象，有些背後的指涉日漸能夠明白，可是有一些，再怎麼努力，依然只能拼湊出朦朦朧朧的輪廓。只擁有說不上來的，微微溫熱的感覺。但這又有什麼關係呢？老師所恆常關注、所在乎的主題：理想的生活、人與人的交往、愛與被愛，這些從來都不會是簡單的啊！有過那樣的美麗時光：下午茶聽他述說年少的冒險與旅行；一起看《女朋友・男朋友》，對著螢幕又笑又哭；還有還有，他也曾帶我去聽阿卡貝拉樂團的演唱，其中幾首曲子是以他的詩作譜成，美好的字句在歌者的唇齒之間靈巧轉動，樂句直入人心，一一安放著美好的生活細節……

可惜散場後，我沒能夠完整帶走那些旋律。我穿過一個又一個十字路口，所有音符都走散了，只留下原先的詩句還緊緊跟著，牢牢被我惦記著。那每一句話，仔細聽，其實早就都被賦予了某種韻律，像是河面水波一圈圈散開，試探著堤岸；而任誰脫下鞋襪，腳尖輕觸水面，都能剎時了解整條河流的水性是如此和緩。有次羅任玲在校內文學獎的決審說到，很多優秀的詩人自然也會是優秀的散文家，很希望散文組的年輕寫作者也嘗試寫詩。至於原因呢，我不記得了，可是我不會忘掉，性傑老師幫我看完第一篇文章，耐心陪我修修改改，等到準備寄出投稿前告訴了我：「文句的語氣很重要，語氣能夠決定一篇文章動不動人。」

我沒有聽得很懂，追問下去，老師只悠悠回到：「寫完後自己唸一唸吧。」下一篇作品很快又寫出來了，我真試著唸了唸，才發現這個建議會徹底推翻原有的寫作思維。原來每個字都會有自己的嗓音，彼此組合在一塊，聲韻開始起伏，轉折有時、靜默有時，不同的情調與氣氛於是慢慢感染……，這比使用一些華麗炫技的詞藻強大太多了——也更難練習。從此看書，我也試著把文句唸出來，真正的好作家都有自己獨特的敘事腔調啊，雖說「作者已死」，可是我深深覺得故事裡的那些人、那些事彷彿還真真實實生存著上演著。會被老師的句子打動，很大部分的原因也是如此吧。他的文字初讀起來帶有流暢的音樂性；再細細讀下去，那滿是對世界細緻的凝視，還有對生活、對愛的虔敬。散文集《燦爛時光》裡頭，他開啟所有感官，寫吃食寫音樂，寫閱讀，寫人與人、人與外在世界的親疏連結，也沒有忘記無可逃避的感情和欲望。可能是傷人或被傷害的愛戀，可能是熱烈濡濕的私密性事，他全不避諱，溫柔地重新給予詮釋——因為那畢竟也真真切切地屬於生活的某一部分。於是生命裡漂泊的、稍縱即逝的，都有了定位，有了歸屬。而且，能夠被一一指認。隨著相處愈久、愈熟，老師許多的書寫內容，我一一在他的生活細節之中得到印證。比如國中時代熱情而話多的班導師，比如喜歡的電影片段。那位老師把六十歲活得和二十歲一樣，還請過我們吃飯吃冰淇淋；至於侯孝賢《最好的時光》，第一段舒淇和張震七零年代的港都愛情，老師在高雄的民宿可足足重播了三遍啊！

可當然我知道，試圖將作家的創作和真實人生相對應，是一件多麼沒有意義的事。那時散文虛構的問題正吵得熱烈，我完全沒有想要關注的意思，全然一心一意地依著老師的提醒磨練功力，「有時候，稍稍變換場景，能讓整件事更加動人。」在某次得獎後，他從抽屜拿出一本《關起來的時間》，簽上名，小心包上書套，然後遞給我。這本散文集往後很長一段時間幾乎就是我的聖經，我模仿了其中許多宛如電影鏡頭流暢而精緻的敘事架構和場景切換，然後套用到自己的青春故事裡。而故事外面，已經長大的我們在微微發光發燙的電腦螢幕前，無人知曉的深夜，透過一次又一次挖掘自己，真誠面對世界，也都將成為一個有信仰、有故事的人。曾經遺憾的雖然不可能變得完整，但至少缺口是美麗的；迫切想得到一個解釋或答覆的，也不再執著，似乎都不再那麼重要了。

有時候我在想，是我自己走上人生的岔路去找老師，還是我們早就命定會在一天遇見；是我們別無選擇地選了書寫，還是書寫命中注定地找上我們。就像《找一個解釋》，還有後來陸續出版，成為每個高中生必讀的《自己的看法》、《彷彿若有光》，這一系列書裡，我重新了解的、貼近的，那些非寫不可的衝動，還有重新認識的，那些在憂患中、在時間裡，寫了一輩子的人。再也不用讀古文或寫作文了，我感到的不是解脫，而是幸運。幸運的是，離開校門後，我帶走的是願意真誠與人溝通的能力；幸運的是，關上教師辦公室的門，不知不覺間，我擁有的是一種看待世界、認識世界的迷人方式。

我想，時間過得再久，我都會無比珍惜一起待在高雄的那段日子。我們白天穿梭在街巷裡，路的盡頭可能是河、是海；沿途吃吃喝喝，熱絡的晚上聊心事，安靜的晚上各自翻書、執筆。那個已經遠遠離開高中、離開十七歲的我，還牢牢懷著美麗的信仰。幸運的是，讀了一些書、遇見一個人，覺得自己一直、一直受到祝福。

是我的海

Dear桐：

穿過落日將至的街巷，我踩著腳踏車，加速，迫切地回到十七歲那座海。長長的西子灣隧道彷彿成了一條時光走廊，從入口滲進的風猶透著天空淺淺的藍色，與我追逐，在最深最深處發出轟轟的聲響。逆行的歲月裡，我還能夠清楚指認高二後半所有的殘光掠影，一路延伸，亮著光的盡頭就會是那個冬日午後。那天我和社團同學，兩個男孩四個女孩，坐在堤防上看著絲綢般的潮水一縷一縷聚入大港，靠近再靠近，最後在我們腳下的消波塊之間漫散成浪。嘩嘩的浪聲交織在我們的耳語裡，我們擺pose，拍照，喀擦喀擦。我知道的，最好的時光切片。而時間繼續播放，我們會離開海邊，回到島嶼北方的盆地；我們會開始不顧一切地準備成果發表舞會，中間會賭氣、有爭執，成績可能顧不好，會很晚很晚回家。最常做的則是在深夜的司令台上重複放著同一首曲子，全力跳十遍二十遍，趕在青春消逝之前把旋律、舞步牢牢留在身上……

而轉眼我已經越過圍欄，站在十九歲的防波堤，三面都是漲滿黃昏的海。桐，我願意重新經歷一次那些與時間、與現實對抗，永遠不會衰老的事情。想起自己曾經說過好想看你跳舞，但其實那句話確切來說，是想要看高二的你跳舞。看你像照片裡一樣，將覆額的瀏海往後梳，一綹馬尾從頭頂高高地豎起然後及腰，舞台上正打著魅惑的光……彷彿透過這樣的方式，我就能確認自己的十七歲既未扭曲，也非虛構——那一年湧動的海水激烈地拍打，上岸，浸濕我們每一個人的身體與衣襟，留下的潮痕水印在此刻夕陽照射下，泛著金光，久久、久久，不願散去。

請你在三月等我

細細的雨裡散場，慢慢走向捷運站。到了大三還是來參加了，政治系的聯歡。從前都是在聖誕節前，這次改到三月，歲末換名為春季，但內容就差不多是那樣：砸十幾萬包下夜店，三四個小時聽不太到彼此講話，到處都是盛滿液體的杯子，液體泡著今夜燦爛的色光。

主要是大二辦給大一的活動，讓初入大學、初初成年的學弟妹，在不是夜店的時段體驗夜店的感受，在夜店這樣的場所但不用負擔夜店的風險……，當然這全是鬼話。一切矜持都是假，浸過騷動的酒精與音符，只有失態是真。我前兩年都當攝影師，節制地很，這次就不是那麼回事了，好多和自己年齡有差距的生面孔晃眼即模糊，最後和同屆少少的幾個人回去，記憶停在好長、建築物好高、好遠的信義路口。

街燈與車流破碎在雨中，凹陷的水痕恍若聚滿金箔。暗夜一條河流搖搖晃晃，隨時會把人帶走。

像是回到三年前，不，四年前、五年前的這個時候。台61線上，遠去和到來的燈盞成為飛起來的星星，銀河因雨剝落，傾倒成整條濱海快速公路。開車的當然不是我，我坐在副駕駛座，那是我搭過距離最長、時間最久的計程車。從新竹高鐵站出發，到苗栗通霄的白沙屯，總共五十公里。還能把那些時刻牢牢記著：十點離開建中，十點半搭上高鐵，十一點零二分準時從新竹站下車……，午夜來到了白沙屯車站。司機最後還很好心地直接開上山坡小徑，把我送到目的地的國中門口，我提著行李走進去，看見天文社的人，整個人有種鬆一口氣、告一段落的感覺。

那是我身兼兩個社團的最後一天。國標舞社的成發舞會還有天文社倒數第二次觀測，都在那個禮拜六。這樣算來，應該是四月的事，高二下學期的三月，我一定都在為著這煩惱吧。天文社傳到我們這屆手上，剩下少少的六個幹部，雖然招到不少學弟，但六個人要負擔從前學長十幾個人一起做的工作，難免還是辛苦。所以不能有人缺席，這樣的信念抱持久了，就變成約定：不希望有人缺席。我們要一起全勤到最後。可是就在社團生活的倒數幾個月，出現了危機。

我和其他五個人說了自己的難處，社長一開始甚至想更改觀測日期，不過場地的租借、和其他友社的配合，怎麼可能那麼好喬？於是轉幫我查詢各種自己去和大家會合的方法，但遙遠濱海的小村落，一天停靠的火車也就那麼幾班⋯⋯。後來，開始進入活動籌備、分配任務，大家就沒把我算進去了。中午一起窩在社團辦公室吃飯，我偶而關心情況、追問進度，他們就嘴我一句：「你又不來，廢物！」我聽得出來那是開玩笑，可是也感覺得到有很多很多的失望沒說出口。不一定是對我失望，而是眼睜睜看著約定就要沒辦法走到最後，那樣的又落寞、又平靜。

不過總之，故事的結局是，我出現了。頂著髮膠和未卸的妝容，他們煮了一碗泡麵給我，和我說，算你一個廣義的全勤。真的是很廣義的那種。面海的緩坡上，應該只剩充當烹飪處的這間教室還亮著白熾光；外頭下著雨，學弟妹多已沉沉睡去，所有活動都完整、順利結束，只等天亮後收拾整理，把各種器材扛上車，回家。

幾個禮拜以來的擔心和焦慮在頃刻間釋放，忽然覺得好累、好累，可是也捨不得闔上眼睛。去操場上晃了一圈一圈，最後索性躺下來，頭沉沉的，沒有喝酒卻像醉了一樣。散去的雲絲、聚攏的星斗，它們全都旋轉了起來。整個世界都旋轉了起來。

還是高中時，覺得自己這樣大膽地趕場，真了不起。而愈長愈大，再想起那天，感到愈多的卻是對別人的感謝與虧欠。天文社的另外五個人對我有期待，但沒有和我計較；若不是他們把我的責任分攤掉，好好辦起活動，我也沒有機會趕這樣一輩子難忘的場。

真的是永遠難忘。回到三月的那一天，我還是會選擇在中午下課後，用力推開社團辦公室的門，大聲對裡面的人講，我決定了、我會想辦法把自己弄到那。請你們等我，不要把我丟下。社長家豪愣了一會，對我說，白癡喔，你真的要去？我點點頭，自顧自地坐下拆開便當。好懷念那樣的場景，不知道那是三月的哪一天——不知道他們對我這樣輕易給出的承諾，懷疑了多久、期待了多久。

我也已經不記得高中時候，三月的作息。也就是春季聯歡前一天，禮拜五下午，T叫我帶她去建中繞繞晃晃。結果遇到了段考週前的社團課，排球場、籃球場都是人，唯一的女生經過自強樓前的柏油路，少不了很多注視的眼光。T和我說：「快走啦，好害羞。」但我站在籃底下看得出神，球唰的一聲進入籃框，好多回憶也就嘩嘩奔湧上來。

我們從紅樓開始，繞到高三我待過的教室，然後去熱食部，去家政教室後面的翻牆熱點，去新整修好的活動中心。甚至連很噁心的游泳池都去看了。幽藍幽藍的水池邊，T和我說她很會游泳，也問我，一直看人家打籃球，想去打喔、很懷念嗎？

我嗯了一聲，不置可否。最想回去的地方，自強樓地下室的天文社辦公室，門不知為何上鎖了。外面牆壁漆得好新，日光燈管也全部換過。一路往前走，我和T說，這是青年社、英研社、流音社……

四年了，學弟不可能還認識我，是不是好險門開不了，少了很多可能的尷尬？十七歲現在離我已經不是隨便能夠觸及的距離，只有醉了茫了能夠任性地提起，不好意思讓太多人聽。青春給的盲目與勇氣、等待與包容，都早在夏天到來之前，被我消耗殆盡。

謝りたい[1]

不敢說給你聽的話我說給全世界聽。重看日劇《對不起青春》，錦戶亮飾演滿懷愧疚的男校老師，帶領母校和鄰近的、又愛又恨的女子高中合併。最喜歡的橋段是每一集都有個人**call in**進地方電台，就著電話把糾結的心事慢慢說出，白天來不及脫口的、過去沒能夠面對的，最後總歸一句，對不起。

電台節目的名稱正好叫作「ごめんね、青春」[2]，主持人正好是男校的校長。校長一直都不願意讓大家知道自己有這樣一個副業，或許是因為兼職是禁止的，也或者，若是自己身分揭穿了，恐怕身邊許多的聽眾也要流失了吧。畢竟廣播的世界，主

---

1 日文，想要道歉之意。讀作 ayamaritai。

2 日文，即為「對不起！青春」。讀作 gomenne seishunn。

持人、call in者、聽眾三者之間的平衡不容輕易破壞，之所以願意說，是因為知道有人在聽；而之所以能夠說，是因為沒有人認識自己。聲音成為全部的、唯一的祕密，慎重地上傳到共享的雲端，約定好不能外借、不能下載，只有每天固定的時間能夠一起收聽。這種互動關係好迷人。

還有許多作品也巧妙捕捉了廣播這樣聽聲不見人的特性，安排了浪漫到難以想像的場景。電影《從你的全世界路過》中，電台DJ陳末請所有聽眾幫忙閃雙黃燈，好讓曾幫助他走出事業低潮的實習生么雞知道，他正在找她。起初毫無動靜，陳末落寞地摘下耳機，走出錄音室，卻發現整個重慶城慢慢地，整片燈海都在閃爍。

這一幕大概是來自二十年前的經典日本愛情片《七月七日晴》——人氣女星望月在七夕生日這天上廣播節目脫稿演出，訴說自己多麼想見到「那個人」，那個她所愛的平凡上班族健太。兩人曾約定這一天一起仰望滿天星斗，於是，望月問收音機旁的大家，願不願意起身熄滅身邊的燈盞，一同看看真正的銀河。

然後整個東京都大片大片失去了燈光。

亮或滅，只有在同一個頻率才知道那些燈火的意義，你是故事裡那個人，多希望你也能聽到故事的結局。

但這是多麼不切實際的事。

錯過了說實話、說真心話的時機，怎麼能夠期待對方還一直等著你。而且，現在視聽享受這麼多樣，收聽廣播的人還多嗎？唯一一次和FM電台近距離接觸，是和性傑老師還有Julian宣傳新書《慢行高雄》。中廣的節目，預錄一集，直播一集，沒有草稿，DJ問我們什麼，就直覺地回答。結果講了好多高中的事。

高中讀純男校，所以非常理解編劇宮藤官九郎在《對不起青春》劇中所想要傳達的感受：身邊都是男生很快樂、很自在，那種快樂是絕無僅有的——可是，和異性相處所得到的東西，也無可取代。比如盡責和執著，比如理解和尊重。比如性別友善。比如承擔失去的勇氣、好好道別的溫柔。《慢行高雄》裡面寫的幾張明信片，無非也就是這幾件事，對象分別是高中到初入大學，從不同管道認識、彼此關係各異的四個女生。感覺凡與人相處就應該要學會的，終究都還是學校以外的異性所教我。這是為什麼？找不到一個解釋。或許根本，細膩的人際相處並不是書讀得多、年紀增長，就自然能夠掌握。

所以十集的連續劇裡call in的不只有高中男孩女孩，也能夠聽見自責的父親打進電台，後悔自己沒有在女兒最需要的時候拉她一把；聽見女校的校長親口承認錯誤，願意相信兩校合併是正確的選擇……

而我呢，我在中廣錄音那天說了很多，也有很多沒講。青春本身就是一群人不明就裡、橫衝直撞，最後自己一個人無法忘懷的課堂。高一我們班沒有聯誼過，因為一開始就和女校某班鬧翻了，共有的群組裡兩邊互有攻防，當時我一定也講了不中聽的話。高二社團暑訓寒訓，搭檔都是Ariel，她精心準備了星星隊牌，兩次我都沒帶出來，忘記在家。也是同一年，聖誕夜和新竹女中約好上山觀測，卻在最後一刻臨時取消，好險，因為我根本忘記要準備交換的禮物。

還有太多需要告解的了。要一一列完，恐怕得向神明再借用一整段青春期的時光。十六七歲的我身兼兩個社團，同時在乎著幾個人也被幾個人在乎著，少不了隱瞞、傷害、背叛人家。不知道這樣遲來的道歉會不會被原諒，還是會根本被不屑一顧，或者完全於事無補？

我沒有勇氣去設想。不敢說給你聽的話我只好說給全世界聽。因為全世界包含了你，你曾在我的世界正中央。

瑞士病房

致夏天、十八歲：

他們去很遠的地方寄明信片了。

而你被留在房間裡，靜靜地從無夢的睡眠之中醒過來。

那是高中畢業的盛夏，在瑞士的第七天，感冒遲遲沒好，你一路上反覆發著燒。你按時吃藥，在藥效作用的時間裡讓自己還能跟著旅伴，三個同學、男孩和女孩們，一起上山下山、看雪，吹風，淋雨。

可是到了策馬特（Zermatt）就再也撐不住了。你只能滿懷歉疚地，直和同行的他們說：別擔心、沒事的。好好睡一個下午就會好了。你把相機交出去，羸弱的整個人縮入被窩，蒙住頭閉上眼，希望他們是真正安心地離開、出發。

而你睡去、醒來。沖了澡，換掉汗水浸濕的衣服，之後就坐在大片的落地窗旁。馬特洪峰下，小鎮像是一本攤開的童話故事，一幢幢木屋在磚石街道邊，牧羊犬和馬車經過，鈴聲叮噹響著。淡淡藍天被剪裁得正好，貼在山坳裡。你喜歡這種安靜的時光。偌大的兩人房內，一個人可以安靜地想事情，翻開筆記本寫寫東西。高緯度的日落來得遲，卻還是一下子就近了黃昏。

金色的霞光把巷子兩旁、人家窗口邊的鮮花全點燃了。

孤單一下子就成了寂寞。

入夜後，隔壁房傳出笑聲，他們終於回來了啊。你想要過去，但卻發現自己是被反鎖的。被反鎖在病房之內，只能聽著、想著：他們一整天在山上的笑聲也是那樣的吧……，而你並不存在於那樣的笑聲裡。又躲回了棉被中。直到男孩打開門，說：「啊你是不會餓喔？」

他們幫你弄好了晚餐，從超市買回食材煮的火鍋，女孩們說還有另外的驚喜，「在你的相機裡面噢！」

他們一整天全部只用你的相機拍照，還錄了一支短片。你後來一直捨不得刪除。儘管已經存入電腦、燒成光碟，還是把記憶豢養在裡面，任憑它們壯大。馬特洪峰。瞭望台。冰河。湖泊。男孩和女孩們坐在路邊，臨著群山萬壑，腳踩碎石積雪，唱起五月天的〈突然好想你〉……

我現在看著這些沒有你、少了你的照片時，還是會微微發笑。大學生活比你想像的複雜與困難，在焦躁失眠的深夜，我就翻出相機，也反覆想起你第一次看到那些照片的模樣。火鍋在桌上緩緩蒸騰，白霧裡，他們咯咯笑著，你就快掉下淚來。

你真的擁有了超乎自己應得的忍耐與愛，親愛的我的過去，那一天落日之後，星星在病房的陽台外一顆顆地亮起。你和男孩女孩們都將成為那些星星。在不同地方各自發著光，不再有任何關聯或交集。但至少，從某個時空：生命交會的時點、記憶共有的空間，望去，還會有某個執著的人，確信它們身在同一個星座裡。

面海的風車

Dear Jasmine：

從渡船頭騎腳踏車至風車公園大概需要半個小時，我到的時候，已經是接近黃昏。

我也是在青春期的黃昏裡遇見妳。我們各自從背起書包上學那天，一路抽高、長大，捱過兩次升學考試，途中變了好多想法，好多心願實現或者不見，換了好多次髮型，然後才走進大學偌大的教室。教室像是大演講廳那樣，能夠容納兩三百人，我就坐在妳後面，這時我們都已經成年了。彷彿都在一轉眼之間，再也沒有一個人會為大家排定座位，我們也忽忽失去了暗自嫉妒誰可以和誰一起坐、暗自抱怨自己沒和誰坐在一起的權利。

我從此就那麼理所當然地每堂課坐在妳身邊，兩個人並著肩，攤開書、寫筆記，在短短的下課好好地說話，一起經過短短的半年、一年。常常認為，妳是我在真正長大前，在最後的年少，遇到最後一個願意真心交換生活與祕密的人了。

可是有些時候，我卻還是覺得以前的同學更能夠貼近我的快樂與悲傷。這不只是錯覺，這樣的念舊是一種逃避，也是事實。逃避久了，就成了事實。原本無岸的青春，走到盡頭，在眼前也是展開一片汪洋，等著我們的再也不單是一場巨大的考試，跨過圍欄之後，不會再是我們熟悉的路。圍欄之外是漲落的潮汐、單單鋪滿落日的海。而緊緊瀕著海的階梯我和高中同學一起坐著，笑鬧著，公園裡有孩童騎學步車、穿著制服的小情侶，賣甜筒的小販經過，「好想只吃冰淇淋的餅乾噢……」，我說到——但我們終究都過了那樣的年紀。百般害怕和不情願，我也終究要回到與妳現在的生活，一起面對青春期尾聲的質疑與困惑。

Jasmine，黃昏裡，路再過去就要沒了。一整排雪白的風車正面朝大海，不止地運轉著。我們彷彿就是那樣的風車。別無選擇地來到這裡，那就只好不顧一切地旋轉。轉的時候互不干擾，但原因相同，而且以相同的頻率。儘管懦懦地，但有一天，我們都要再變成現在所瞻望所羨慕的，那些駛得最穩、最遠的大船。

夜間駕駛訓練

知道嗎，進到雪山隧道裡，不管南下還是北上，看到的數字都是十二倒數到一。和公路的里程計數不一樣，那單單意味著還剩下多少距離。不過初拿到駕照時，十八歲，在我眼裡卻彷彿某種暗示：明知道自己正不斷往前，頭也不回，卻又像回到某個冬日或夏天、某個山裡或海邊，回到小時候。

開車是爸爸能教我的最後一件事情。升大學的暑假，我們一起往返台北和宜蘭好幾次，都是平日晚上，我開車，他坐在副駕駛座，從最初隨時握著手剎車，到後來能放心摘掉眼鏡、滑手機。中華民國的駕駛執照向來只是獎狀，到手後才是真正學習開車的開始；至於為什麼選國道五號，爸爸說，雪山隧道直直的，沒有車會靠近你，是練習的最好地方。啊還有，開了也就不會怕高速公路了。

隨便他講，反正爸爸們都是無照的駕訓班教練，同年齡的朋友經驗之中，大多是承受大呼小叫、身心俱疲，但我幸運得多。印象裡，爸爸頂多是把提醒過的事一再重複：

保持在車道正中間、隔壁車子太靠近的話要減速……，其他更多時候，只有運轉的引擎代替我們發聲。

（這樣可以嗎？嗯——。我做的不錯吧？嗯——。）

爸爸幾乎、從來沒有口頭上鼓勵過我。他教我開車那時，差不多也是我教他用智慧型手機的時候。往返宜蘭約莫兩小時的路上，不知道還有什麼好說時，他就問我，這怎麼用、那怎麼用。我一邊握著方向盤一邊回答，但心裡才不信這樣他就會懂。就像我覺得某些駕駛技術，也不是他說一說我就會的，方向盤的控制、換車道的掌握，還不都要靠自己一次又一次用身體去記憶、去感受。

爸爸一定也是如此。他問的問題未曾重複，一定也是默默下了不少工夫。現在這樣想來，從沒有給他一點稱讚或鼓勵的其實是我。他雖然嘴巴上不說，但默默某些舉動，長大後都能體會到那是對我的認可。作文比賽的獎狀幫我裱框、特地休假帶我去建中報到、出版旅遊書《慢行高雄》的時候，買了十幾本分送給同事……

那年夏天最後一次夜間駕駛，宜蘭下著大雨，回程進隧道前，我關上了雨刷。一瞬間，淅瀝的雨聲成為靜音，我瞥見爸爸扶正眼鏡、放下手機，抬頭看向了擋風玻璃。窗外的黑夜被標記、反白，純粹安靜的光沿途注視著我。爸爸也是這樣一路看著我嗎，從十二倒數回去，出了隧道我就會長大，那一刻，卻覺得回到一起認識世界、受到保護的時光。

輯三　天亮之前還有一百萬個祈禱

如果時間回到過去，她把它們交到我手裡時，我會好好抱住她，而不是一直說謝謝。有些人出現，就是來教你愛的。當你學會了，她就要離開。

離再見好近而且好遠

◆

Dearみ：

記得第一次去找妳的時候，妳和我說：「快到之前一定一定要先和我說喔，我也是得好好打扮的。」幾千幾萬則的對話紀錄，過了這麼久，就對這句話最清楚。

為了見個面而刻意梳妝整理，這般私密的事，能夠如此直接、不避諱地說出來，我喜歡的就是這樣的妳。

希望妳一直這樣坦率、真誠，而且努力地做自己下去。如果哪一天妳不再是這個樣子，我會變得很安心。因為我就不再會喜歡妳了。

Dear SL：

冬天回家的路上，冰冷的空氣，讓我想起好久以前，一個人、在京都的第一個夜晚。

因為飛機誤點，下了JR列車到市區裡，已經快要十一點了。我站在地鐵東西線的出口外，燈少少的、路寬寬的，拿出手機查青年旅館在哪。同時間跳出好多訊息，凍住的手指難以控制，很重要的那一封就這樣被已讀。

我感到……，怎麼說，是愧疚也是不知所措。嘆了口氣，嘴巴冒出好長好長的白煙。仰頭看見竟是滿天稀微的光點。

好久不見了。不能夠給對方他想要的愛的時候，無法歸責於誰，沒有一個人有錯。只是從此，兩個人會疏遠。

遠到什麼程度呢？遠到大概是這樣的距離：冬夜裡的星星，和冬夜裡的人。

站在地球某個角落、拖著行李的你可能無法辨認，但的的確確，這一路，都有顆星星祝福著你、看著你沒有回頭地往前。

◆

天完全暗下來以後，我們拎著炸物和開瓶的啤酒，隨著人潮溢出誠品綠園道。過街，在草皮找縫隙、找空位，然後鋪上預先準備好的塑膠袋，一起坐下來。

我比較任性，偶而累了更直接躺在地上。此刻，身體被長草包裹著，人群的笑聲彷彿盤旋在高處，音符和燈盞一一散落在很遠的地方。好快樂啊。一邊搖晃起手中的玻璃瓶，一邊覺得，自己的生活也和瓶裡啵啵冒泡的酒精一樣。謹慎也大膽，激情但節制。

我想起高一的建中舞會。羅志祥唱完壓軸的曲子，隔著操場，司令台那邊炸起一束束煙花。散場的人全都慢下腳步，看往同個方向。操場的草皮在暗夜裡擁有了陰影與色澤。火光映滿每個人的臉龐。現在我已經不記得那天是和誰一起去的了，那麼熱鬧的地方，不可能是一個人吧，太孤單了。

那會是和誰一起呢？唯一肯定的，當時十六歲，那般宛若冬日盛大祭典的場合，最想帶在身旁的是喜歡的那個人。只是我沒勇氣開口約而已。後悔嗎？——讓我換個問法：那天，你有真正感覺到快樂嗎？

回過神，坐起身，音樂還放著、放著，流過我，淹過我。有時候，不確定比踏實來得快樂，沿途曲折比一路安穩來得快樂。買酒早已不需要偷偷摸摸的今天，我會這樣回答：真正的快樂是，就算有一百個被拒絕的理由，仍然渴望在沒有星星的夜晚，帶著人家去一個很遠、很美麗的地方。

◆

在新加坡三天唯一去的景點是打烊前的摩天輪。

時間和空間緩緩遠離、然後凍結的時候，如何知道自己來到最高點了？說出來有點蠢，但我是真的到二十二歲的最後才發現——就是，兩側所見的車廂，都比自己還要低的時候。

只有那麼幾秒鐘。像是和上天借來的時間一樣，慎重而且珍貴。此後，離再見只會越來越近，而離再見還有好遠好遠，甚至不知道是什麼時候。

◆

從溫泉離開，不管多麼熾熱，鼓起一口氣，全身浸到二十度的冷水池裡，一瞬間總是冰心刺骨。幾秒鐘很漫長地流去。身體開始回溫。但是稍稍晃動到水面，立刻又是一陣難耐的嚴寒。

我不明白為什麼身體屢屢有這樣的反應。讀物理系的經亞向我解釋：原本皮膚表面的冷水和體溫達成了平衡，可是一旦移動，碰到其他冷水，自然會再次感到寒冷。一瞬間恍然大悟。以為已經習慣的，但其實沒有習慣。以為已經忘記的，但其實沒有忘記。以為已經不想見到的，忽然某個剎那，又會好想見、好想見你。

你比我更勇敢的時候

我和女孩約在黃昏的咖啡廳，推開玻璃門，視線穿過昏黃的燈光，她早已遠遠坐在暮色流動的落地窗旁。有那麼一瞬間感覺自己回到了十三四五歲那樣，盛夏的午後，坐在教室裡，想著好多事，默默看著她。我哪裡惹她生氣了，為什麼獨獨不願意和我說話……，一了百了絕交啊，可是又為什麼我還真放不下她……。光在室內慢慢透成一陣金色、稀薄的霧，蓬鬆，柔軟，卻無可穿透。女孩低著頭寫字，瀏海整齊地貼著額頭。

我輕輕敲了她的桌子。女孩一抬頭，見到我就問，明信片真的不見了喔？我點點頭，她難掩一臉落寞。距離我們上一次見面是三個多月前的事了。那是我要去瑞士的前幾天，她在等待指考放榜、塵埃落定；我借了她幾本書看，是自己喜歡的散文集，也答應她，一定會寄信回來。

寫字給她的時候讓我感到安心。在少女峰的觀景台，將近海拔四千公尺的高度，我找了個靠窗的桌子，沒有座椅，就站著寫起一張張明信片。給女孩的留到最後才寫，外頭白雪蓋地鋪天地反射陽光，把觀景台烘得一室明亮，好多難過的事、快樂的事，也迸射成一片雪白，過度曝光一樣，最後凝成斑斑的字跡。國中許多次都是她忽然不再理我的，當作隱形人，一轉眼就是一兩個月。三年能有幾個一兩個月呢？高中以後，見面大概不超過五次，這之間她剪了短髮，當了社長，交了男朋友，但一講上電話、約吃飯，什麼都能漫天說一個晚上一個下午。這讓我能夠完全不在乎，也不再努力解開過去那些突然冷漠心死的理由。寫過的一封封道歉信讓我成熟，送出的一張張卡片陪我長大。然後女孩的頭髮又慢慢留長，變回曾經那個我熟悉的模樣。變回現在的模樣。

女孩很認真問我，會怎麼看待她決定重考這件事？我還沒開口，她又接著說，前幾天找到我國三寫給她的理化筆記，「字和人都變成熟了耶」。

這是一個勇敢的決定，至少我自己沒辦法做出這樣的事情。而既然選擇了就要好好撐下去。女孩笑了笑，倒也乾脆地吐槽我：「你三個月前，在瑞士的時候和我這樣說，我會很感動啦。可是我現在習慣了，不會像一開始一樣那麼痛苦了……。」「還有你什麼時候要補寫信給我！」她還對那張唯一寄丟的明信片無比執著，抓著我的手。

我把她的手踋過來，翻到手心那面，用原子筆寫下了字。光影錯落著，我想到畢業那一天，將要去大禮堂集合的黃昏，我叫她幫我在制服上簽名。女孩簽在袖子上，一邊抓住我的手。她忽然這樣說：絕不要絕不要，去傷害任何一個人，因為你會變得很厲害。我握緊了拳頭。天就要黑了。「真正的勇敢不是不害怕，而是能承擔。」

陪在你身旁

蹺課的時候我都會很想念E。穿著卡其色制服，胸口繡有兩條橫槓的那時，我們兩個人湊在一塊，臉書的感情狀態改成穩定交往。

當然是假的。

我們心中各自有另外一個她。

男子高中什麼都可以做，蹺課、打撞球、打網咖，但就是進不了距離不遠、門禁森嚴的女校。所以，我開始陪E去國家圖書館念書，為了他可以看到她那麼一眼、甚至說幾句話；而當念不下書，我們就窩在外邊的7－11，對著手機螢幕，一起想怎麼回覆女孩訊息。

有誰的戀愛進度卡住，毫無頭緒時，我們就去看海。不過更多時候，感情只是藉口，十七歲還有其他許多生活難題，父母啦、課業啦、社團啦……，逃避不需要理由，只是心情爽或不爽而已。爽的時候無心上課，不爽的時候不想上課。老師很無聊，學校很無聊，捱到鐘聲響了，收收書包就走人。

台北盆地要看到海不容易，當時讀郝譽翔〈青春的北淡線〉，所以有陣子很常往淡水跑。慢慢地，後來，大河與出海口不再能滿足E和我，兩個人開始搭火車搭客運，到過基隆、福隆、白沙灣……。逃課愈多次，逃得愈遠，罪惡感反而愈小。

現在這樣說起來，好像我高二都沒在念書、很常蹺課一樣。這也是假的。畢竟建中名義上還是一所「高中」，上課算是有點名、記缺曠的，而且我還是風紀股長——蹺課後，隔天還是會安分地補請個假。E就毫不在乎這種事，曠課就曠課，管他的；而且，很多時候我猶豫該不該留在教室時，總是他來慫恿我——呃……那算得上慫恿嗎？他都只會淡淡地說：「要來不來隨便你。」而我都跟上去了。沒有一次後悔自己的選擇。E在高二那年帶給我的，幾乎改變了我往後的模樣；至於我所得到，珍貴而且慎重的那些到底是什麼？我一時半刻也說不上來。硬要打個比方的話，那就是：當和人聊起高中生活，我會說自己搭好遠的車、擁有好多私房景點，而不是高二高三段考成績都還不算差。雖然這兩件事不衝突地同時發生在我的十七、八歲。

後來，不知道是誰先撤掉了臉書的感情狀態。我們先後戀愛與分手，戀愛很快樂，但我有這種感覺：我沒有那麼喜歡對方。畢竟，夢想與苦悶等大的時候，最迫切需要愛的時候，陪在身邊的是另外一個人。不知道E是不是也有這種感受？撤離彼此生活的今天我想和他說，其實沒有誰是誰的替代品，我真心喜歡那段時間，與重要的人一起熱淚盈眶、成熟長大。

列車向著光

親愛的Y，我坐在舊高雄港車站的老月台上看著軌道區的客車廂時，想起了那個從福隆回來的初夏黃昏。

像是小說讀到最後一章那樣激動、那樣的青春。

是銀色外殼有著藍色白色條紋的電聯車，我們並肩坐著，面朝著窗，窗外色塊般的海和樹林在風裡急速離去。只有落日留了下來，溫柔而飽滿地穿透，整個車廂被烘地微微泛黃。列車上的乘客是稀疏的，搖搖晃晃的，妳忽然轉頭，開口。

「你還記得我說過要給你一個答覆的嗎？」

我怔住了。大片朦朧的金光之中，那句話像是擁有魔力，唯一能夠解開我們之間的祕密的咒語。而祕密要把時間軸再往回推移許多許多。高一的暑假，在義大利旅行時，每到一個地方，就寫了明信片寄回來給妳。米蘭。威尼斯。羅馬。卡布里島。每一張都留有小小的記號，全部拼在一起就會是一個愛心。我把這件事一直放在心裡。過了很久很久之後，待到離開彼此說話都是直來直往、絕不保留的男校，進了大學，才說出來。逼問的是系上一群和我要好的女生，我們一起去跨年，圍坐在山裡守著緩慢褪去的夜，等日出。我說給她們聽的時候，她們發出了陣陣驚呼，手裡的仙女棒靜靜燒著，暗夜裡的火光映著每一張專注的臉。好動人。她們接下去追問，後來呢、後來呢……

後來天就慢慢亮了。不再營運的縱貫線轉運站鋪上綠草皮，改造成鐵道故事館，時間接近正午，我站起身，沿著月台簷底促短的陰影，往前走，往遠方走。永遠停靠的列車也往遠方延伸，往燦然的陽光延伸，車身像是鍍上全新的烤漆一樣，愈靠盡頭，愈散發迷濛的光。彷彿正在疾駛，就將遠去。Y，妳那時收到明信片了，也一定有拼出愛心的，可是在長長的簡訊裡妳寫道：「可不可以等到畢業之後再給你答案？」於是所有奢望、所有執念就都擱置了下來。我們像什麼事都沒發生過那樣，繼續生活，告白失敗還能維持原來的關係：約會吃飯，講心裡話一整個晚上，算是幸運的了吧。而且，高中才過一年，畢業是多麼遙遠，那像是站在月台，順著鐵軌望去，想要看到終點站那樣……可是連下一站都還在視野之外。

只能安穩而不知感傷地過著日子。

經過好多事，終究會抵達畢業。

畢業之後我們搭車去北海岸看海，一趟臨時起意而普通的出遊。那麼久以來、那一路上，我試著不去想自己對妳的感覺，壓抑的愛戀是不是削減，變質，或者動搖……我已經不再知道怎麼走下一步時，妳卻開口了。原來妳認真地把那個承諾放在心上。而彼時列車正疾駛在安靜的黃昏裡。一分鐘感覺比過去整個兩年、三年，都還要漫長。Y，我不想知道答案，但我真真切切地喜歡過妳，喜歡著妳。就算以後會發生好多傷心、難過的事，我也不會後悔那樣的決定。不會害怕哪天誰可能會先下車，揮手離開，因為把故事留在座位上，溫柔地，列車會繼續瀕臨著海岸線，朝著遠方，朝著光前去。

片思い[3]

我也想和喜歡的人約好去遊樂園。日劇《朝五晚九[4]》裡，山下智久在旋轉木馬前站著，等了石原聰美一整天。石原飾演的英文老師潤子根本是惡意爽約，直到發現自己疑似介入了人家的婚姻，才心碎地回到約定的地點。

全部十集的連續劇，到這裡剛好是第五集的最後，片尾曲慢慢、遠遠響起，好浪漫。浪漫到讓人決定繼續追下去。不然，之前好幾度有棄劇的念頭，難以忍受山下智久在劇裡的各種荒謬行為，真想對他演的那位和尚星川大喊：「沒有人是這樣喜歡一個人的啦！」

沒有人，會希望在愛裡難受或難堪。

但《朝五晚九》卻把這樣不被愛的難受、久久愛不到的難堪，安排在所有劇情支線裡。故事發生在英文補習班，可是每一個人學到的都是單戀，我喜歡你，你喜歡他，而他又喜歡另一個不喜歡他的人。那彷彿是把現實裡的種種殘酷全部串連，一次讓人認清、並且確信：自己並不是被遺棄的，在愛情裡，沒有被愛才是常態。一見鍾情遠比一拍即合來得簡單。

儘管如此，我依然希望自己是主動出擊的那一個。愛著別人，那種渴望卻又害怕知道答案的心情，是我最珍貴的事。就算有幾千幾百萬個想要放棄的剎那，也都敵不過想要緊緊抱住對方的一個瞬間。

為了那麼一瞬間，窮盡心思計畫遊樂園行程是快樂的，鼓起勇氣提出邀約是快樂的，等一個人等到人群散了天黑了，也是快樂的。

記得收看完結篇的那個晚上，我再一次問了直屬學妹Emily，該不該去和他告白。那個從各種跡象看來都對我沒意思，但我執意喜歡的他。Emily說，反正他一定會拒絕你吧。這我也知道。可是……

坐在深冬夜裡的公車站，我仍舊忍不住腦海浮現這樣的畫面：打烊的遊樂園，只剩旋轉木馬還寂寞地發亮，石原聰美低頭啜泣起來。山下智久一把從後面環抱住她。原本

3 日文，單戀的意思。讀作kataomoi。

4 5時から9時まで

手中的氣球在光裡緩緩上升。

如果是我，我會說：「我的世界只差一個你。因為是你，晚一點，沒關係。」[5]

5 引自中國作家張皓宸作品《我與世界只差一個你》（二〇一八，春天出版）。

威尼斯黃昏

廣場的人散了，我想起生命裡寥寥幾次失敗的告白。其實青春期過後就已經知道，告白是賭博。沒有希望的人才是會需要去賭博的，去等待一個早已有底、卻遲遲不願接受的答案。當我經過或走進愈來愈多人的生活，不會不明白，時機到了就牽手，就輕輕吻他或她的額頭，誰跟你問東問西、話那麼多。

我感到身邊漸漸空曠。教堂的大門終於能夠對望著運河的渡口。時間是午後九點鐘。

街頭藝人收起譜架和吉他，沒有音樂以後，陪鷗鳥遷徙的是風聲，讓船隻起伏的是水聲。遠我而去的是你、妳、你們。就將再無關聯的一群人，降臨彼此之間的是日落、是黃昏。

告白是這樣的：我知道我得說出來，而說出來的時候，就是告別的時候。從此轉身背對共有的時光，知道前面不會再有一起走的路了。我的未來和你的未來仍在河的同一岸，卻是面朝與背向大海的兩端。所以很是捨不得。所以會拖到最後一刻，把倒數的幾分幾秒都好好經歷，天黑了、留不下你來，才去說愛、才好離開。

離開以後，穿過樓與樓之間的拱橋、房與房之間的窄巷，還是惦念著日暮未至的廣場。頻頻回望，還沒走散的音符和人群，一起笑，一起握拳或鼓掌，彷彿都還在那。直到走遠了，路燈亮了，才願意摒棄自己的錯覺，去接受：那麼美好的相聚與靠近只是偶然，而不是因為有愛。

偶然很美，但單單是偶然，並不足以生出愛。

回到旅店，天色已是深藍。櫃檯服務生和我點頭致意，我轉過身面向落地窗。窗上出現了水滴，一下子，石板路上淅淅瀝瀝。而我看得見自己，此身潔淨明亮。想起往事的時候都像置身平行的時空。都是好遠的事了。都會變成好遠的事。此刻與那時，你或妳都還好嗎？

我的腦袋裡有一些下著雨、卻沒淋到雨的場景，也有幾段愛上了、卻沒被愛的戀情。

當時沒被淋濕是我的幸運，後來沒在一起，會說一聲謝謝你，掉著淚、很珍惜。

記得煙花

午後三點十分的飛機回台北。一個人拎著薄薄一本護照，護照夾著機票，然後穿過航站大樓。日光此刻，一片片浮貼在落地窗上，沿途拼接成沒有顏色的大霧，霧在散去在遠離，讓人有一種夢境將醒的感覺。就要回到現實之中去了。腦中的畫面是岩井俊二很久以前的電影《煙花[6]》，片尾十四歲的奧菜惠浸在泳池裡，緩緩浮出水面，然後轉身、對著鏡頭露出一個刻意但甜美的笑容。水珠在滴落，主題曲響起，旋律和咬字都很輕，輕到讓人覺得漫不經心、恍若波光粼粼。

《煙花》上映後一個月，我才出生。所以第一次看的是二〇一七年改編的動畫版本，製片商把它捧成《你的名字》第二，但我猜票房應該很慘吧。一幕幕場景的確異常

6 日文片名《打ち上げ花火、下から見るか？横から見るか》，直譯「升起的煙火，從下面看？還是從側面看？」

絕美，但也只是美麗而已，劇情實在有點……，怎麼說，有點意味不明。這個形容詞是我走出電影院的第一個念頭，網路上的風向大致也是如此，但其實，我並沒有不喜歡。甚至可以說滿著迷的，青春做的很多事回頭想起來，本來就是一連串沒有道理。

可是岩井俊二真正想傳達的是什麼事情？

時間很慢的夏天，等著夜晚的花火節降臨前……。小男生爭論煙火的形狀究竟是圓是扁，同年齡的女孩因為母親再婚，有了離家的念頭。在泳池邊她和他們約定：誰贏了，晚上就和誰去花火大會。故事的前半段祐介贏了游泳比賽，最後卻因為同儕壓力失約；男主角典道看著落寞、悲傷、被母親強行帶走的女孩，脫口而出：「假如當時我贏了的話……」

回去找到畫質和音源都很久遠的真人版，明白故事的後半，並不是真的時光倒轉，只是讓大家看看另一種如果、另一種選擇。往後的時間裡，我都以為整部電影要說的是，大人世界的殘酷和不可逆。每件事情都開啟了另一些事情，每個決定也都限縮了某一些決定。站在路口忽然想到從前，會感到難過還是珍惜？

長大便會知道所有得來與失去都在一念之間。都是僥倖。

我確實也是在想：如果最初沒有撥出那通電話，如果她沒有把電話接起；如果誰先放棄了誰，如果誰先和誰斷了訊……，那我就不會搭單程五個小時的飛機來到這麼遙遠陌生的地方了吧。而且還是一個月內來了兩次，在律師考試前。兩次離開的時候都忍不住流下了眼淚。

明明讀了男校以後就很少再哭過了。為什麼，到底為什麼？為了難過或擔心，不捨或焦慮。前一次離開或許是如此，但這一次竟然無法用一個形容詞概括。最後一趟一起搭的車上她和我說，我們之間很難有結果。我回應道，嗯。

「可是我很快樂。」

然後我就要一個人回去機場。

就是那一刻我想起了《煙花》。

一瞬間終於明白了岩井俊二要說的是什麼。不論如何，祐介的反悔也好、典道的赴約也好，選擇了不同的如果，結果可能仍舊相同。暑假結束之後，奧菜惠飾演的なずな[7]都得要轉學、離開他們的生活的。所以重點不單是青春日常的意味不明，也不是小孩子就不會被選擇與錯過給折磨。煙火重要的不是從哪裡看，也不是老派的「和誰一

7 念作**nazuna**。真人版電影翻成小薺，動畫版使用的漢字是奈砂。

起看」[8]，而是它本身——煙火本身，短暫但燦爛地存在過。

結果最後或許一樣，可是過程並不相同。

而且過程比結果重要得多。這就是為什麼なずな片尾帶著典道回到夜裡的游泳池，一躍入水，還能笑得那麼動人，並且最後輕易說出：「再見到就是下學期了吧」。那是，告別之前永恆的時刻。背景音樂正輕輕唱著「hold me like a friend, kiss me like a friend……」

不知道是音質略差還是聲道刻意調整，聽起來有種回音感。像是身在夢裡卻已然清楚那是夢境，只不過沒有意願醒過來、親手結束它。就只是靜靜看著一切繼續，沒有悲或喜。

而夢和現實往往只有薄薄一線之隔。知道自己是在做夢以後，很快就將甦醒。泳池的最後一幕，なずな說完再見，頭也不回地游向彼岸。鏡頭沒有跟上去，留下還沒消散的水花和漣漪。它們和音樂都慢慢溶進了迷濛的光裡。

登機廣播在我耳邊響了起來。

明白要離開了，想要再坐一下下。傳了訊息和她說，掰掰。希望這三天妳也是快樂的。

想起第一次來的時候，也剛好遇上慶典的煙火。飯店二十五樓的陽台上，我們牽著手，擠在人群之中。哪怕人再多，也還勾著一隻手指頭。不要去想煙花冷去的殘忍，要記得有過如煙花綻放一瞬那樣的溫柔。

8 香港上映的片名即譯作《煙花，應該和誰看》。

情人節快樂

那是二〇一八年，八月十一日的晚上七點鐘。我陪妳從shopping mall走回家，讓妳打理梳妝，約好兩個小時後在樓下叫車，一起去機場。妳上樓後，我想著可以閒晃去哪裡，可是五分鐘手機就響了。下午買的兩罐定型液在我書包裡，妳忘了拿，這樣沒辦法盤起頭髮，好險我還沒走遠，就回去交給妳。

再出來的時候，我看到好美麗的黃昏。不知道可以去哪裡，不知道哪裡是屬於我的地方，只好漫無目的、走回商場。然後走著走著，竟然一個人就哭了出來。真的是哭得像小孩一樣。我走到shopping mall外的鞦韆上，一個人盪著盪著，那也就是剛認識沒多久，妳哭著和我講電話的地方吧。可是當下想不了那麼多了，摘下眼鏡，頻頻用襯衫的袖口拭淚。眼角餘光瞄到，本來有個小妹妹在排隊等待，但定格看著我一下，就跑走了。整個天空慢慢要沒了顏色，清洗中的水彩盤那樣。

在最熱鬧的時候和地方，掉著最安靜而且純粹的眼淚，搞得像偶像劇。但這真的是偶像劇吧。一個月前，我根本不可能想到考完國考一試人會在新加坡，甚至覺得這輩子根本不會在護照蓋上這個地方的入境章，那裡就只是一個轉機的機場。以為自己短時間不會真心喜歡上誰，和人交心好累，自己讀書生活簡單得多，內心鍛鍊得很堅硬，可是竟然一下子就被快樂和哀傷給融化。

愛一個人的時候，快樂會變成兩倍，難過會只剩下一半。這是我很喜歡的日劇裡，有村架純最後說的話，現在才發現，根本不是這麼回事。愛一個人的時候，難過也會變成兩倍的。因為會把對方的難過，也當作自己的難過。

我無法說明白那時黃昏鞦韆上的哭泣，是因為將要分開、很久才能再見到妳，還是因為妳要去上班、沒有睡眠地被操勞一整晚。反正樣子一定很蠢，比小孩更像小孩；但同時內心卻又希望早早獲得大人世界的成熟和勇敢，給妳力量、並且沒有負擔。

曼谷帶給我的事

二十三歲的最後我接連去了幾次曼谷，這樣的事情一直持續到二十四歲的開頭。一些人問我為什麼一去再去，到底哪裡這麼好玩；也有些不認識的，輾轉聽到，意味深長地留下一句：一個男生自己去泰國，還能做什麼？這樣的話後來又傳回我的耳裡。而其實我也不在意。

反正我有自己的原因。那樣的原因說了也無妨，沒有多見不得人，只是要解釋起來有點麻煩，解釋完了也不一定能夠讓人理解，那麼就乾脆笑笑帶過。不管是對男生或女生，都和他們說：「等你來啊。以後我帶你去曼谷，你就知道了。」

有時候我也講一些無關痛癢的答案，比方說：物價比較便宜（但其實常常不是這麼回事）、很喜歡真正的泰式料理（但我幾乎沒有吃過夜市或路邊攤）⋯⋯。我認識的朋友，念泰國第一學府的Fernn和她的同學們，通常帶我去吃的都是百貨公司的美食街，裡面有很泰國的韓式炸雞，或者很泰國的日本料理⋯⋯。那些店都乾淨明亮，與人來人往的商場走道隔著一扇玻璃櫥窗，餐桌上大多有台ipad用來點餐，音響播著我也聽得懂歌詞的流行歌曲。隔壁桌的人、隔壁隔壁桌的人，如果沒聽到他們說話的話，很常分不出來那是外國觀光客、還是泰國本地人。

常常覺得，自己喜歡曼谷的原因，一定和很多真正熱愛泰國的部落客或ptt泰國旅遊版上的網友不一樣。那些shopping mall裡面裝潢時尚但風格一致、能夠好好吹冷氣填飽肚子的餐廳，反而就是我喜歡曼谷的理由——更精準地來說，是理由的其中一小部分。

我喜歡曼谷，是因為曼谷是一個和新加坡那麼像的地方。早晨的班機起飛，在台北港外海轉彎，慢慢攀升的同時，升起的陽光也從一側的窗戶一格一格透進機艙裡。向南飛去，然後在正中午抵達。一個人過了海關拖著行李，會下意識地把外套或者襯衫脫去，因為等等搭地鐵在月台上轉車的時候，永遠感覺到的是三十度的盛夏。天空是很淺很淺的藍色，一場午後雷陣雨還在發展，還在有點遠的地方。

半個小時過去會慢慢進到了市中心。摩天大樓密布在眼前，隨便都是三四十層以上的高度，整座城市和雲和雨、或者和閃電，幾乎要沒了距離。這些大樓會在入夜之後亮起我們很熟悉的字樣：SAMSUNG、citibank、HSBC……，藍色白色紅色LED光線感覺有點冰冷有點寂寞，但其實它們上面都開著一間又一間的高空酒吧。

從酒吧的玻璃圍牆看下去，這樣一個斑斕的晚上彷彿是由幾千幾百萬片的樂高所拼成。「我們剛剛在哪裡呢？」她放下手中的啤酒杯，然後靠了過來。手指輕輕掠過通上電、發著光的積木們，停在一個最多線圈纏繞、最明亮的位置。「這裡嗎？這裡吧。」那是，好幾間shopping mall聚在一起的地方。

那個時候不知道去哪裡才好的我們，就會牽著手從一間shopping mall走到另外一間，它們全都彼此相連。漫無目的逛著，衣服、生活百貨、手機殼……，累了一起坐在星巴克，手機接上耳機一人一邊看綜藝節目，時間到了一起去吃晚餐。這就是我對新加坡大部分的記憶。護照上蓋滿了一頁又一頁的入境章，但連魚尾獅一眼都沒有看見過。

我不是去觀光的，她也不是。不在空中飛來飛去的日子，她幾乎都一個人待在那個離赤道很近的地方——航空公司的據點、世界最大的轉運中心——四季不辨也不變的日光照進賃租的公寓，卻沒能讓窩身的房間全部明亮。偶而想家想到不行，卻又快要分不清哪裡是才是家，那樣的時候，我出現，告訴她我來到樓下了，然後在一個週末一起把陌生的城市過得和台北一樣。在台北想吃什麼，我們就去吃；在台北想買什麼，我們就去逛，不要想那麼多。

她給我的生日卡片上寫著：討人厭的新加坡好像變得沒有那麼討厭了。不過其實，我內心是很喜歡這個地方的——就算什麼景點也沒有去，就算只是過著日常生活，平凡的吃飯、睡覺、殺時間耍廢。那是我準備司法考試前和後的時光，困在法律裡的人能夠透徹預見自己往後的一生，知道此後幾乎沒有機會去仔細看清楚這個世界外面的模樣；困在戀愛裡的人也會以為自己能夠看見時間盡頭的樣子，真心覺得一輩子不可能再為了另外一個人奔波幾千公里，不可能再算計這麼少、不可能這麼瘋狂。新加坡就是這樣一個地方。它一次滿足了兩個心願：逃離台北平庸的生活，還有見到心愛的人。因為有著心愛的人，所以過上了不再平庸的生活。

這樣的心情我從來沒有和她說過。畢竟她是多麼羨慕也嫉妒我可以繼續安安穩穩地待在台北。我喜歡新加坡，這成為了我對她唯一的祕密。深夜離開酒吧的計程車上，坐在後座她抓著我的手，安靜睡著。窗外一一出現金沙酒店、國家體育館、摩天輪，然後又一一遠去。我暗自想著：當作祕密也沒關係，反正我從中得到了足夠大的力量，我要用這些力量繼續照亮著她，守護著她。

後來，我在曼谷的街頭，搭地鐵的時候、等紅燈的時候，都還是會忍不住想起這些事情。閉上眼再緩緩睜開，有著時空被悄悄置換、可是又無聲無息的不踏實感。這是另一座東南亞大城，我卻做著差不多的事：睡到自然醒，然後去吃早午餐，下午待在咖啡廳滑手機和看書，偶而去百貨公司裡逛無印良品、adidas或者超市……。差別只是，我現在是一個人了。

我是因為和她說了再見，沒有再去新加坡，所以才來曼谷的。

一開始我也很擔心，自己是不是把曼谷當成了替代品。即便不是人，把任何東西假想成另外一個東西，都不是什麼太健康的事情。好在客觀上曼谷也作不了誰的盜版或代替。在新加坡很多時候我會開口說中文，店員幾乎都聽得懂，但在這裡不行，無從閱讀的招牌和菜單都讓人更加確信自己身在異地。新加坡一個國家就是一座城市，很小，計程車隨時會上高速公路，時間過得很快，但在這裡不是，路很複雜，常常塞在車陣中，一個很大的地方，卻像是忽然時間慢了、停了、沒有了一樣。

還有還有，當時在新加坡和她說到台北如何如何，她會露出安心、熟悉或者想念的表情，但在這裡，Fernn他們就是曼谷人，就在曼谷長大，和他們提到台北，感受到的是幾雙閃閃發光的眼睛。

Fernn還是大學生，醫學系六年級，放學後，她帶我去平常打報告寫作業的咖啡廳；上家教前，她帶我去吃每次一邊備課一邊解決晚餐的鐵板燒；期中考週，她帶我去學校的總圖書館一起念整天的書。還有一次，大一新生有國標舞比賽，她是負責教學弟妹跳舞的人，所以帶我去看了一整晚。我在曼谷的日子，於是也有很大一部分被這樣的異國日常給占據。

Fernn的日常還花了很多時間在通勤上。家裡和學校有四十分鐘的車程，想要住宿舍，但媽媽不准，而且家裡有門禁。她在系上最要好的兩個朋友都是男生，她帶我認識了他們，兩個男生剛好是宿舍的室友，我們四個人在外面吃喝閒晃到十點、十一點，他們開玩笑問我：要不要乾脆睡他們那邊，兩張床隨便你選，睡不著還可以去吃消夜。我聽了超級心動。但Fernn忽然從英文切換成泰文，回了他們一長串，我當然聽不懂，只能在一旁傻笑。他們點點頭，卻笑得更放肆，同時張開雙手抱了抱我，然後做出你們趕快回去吧的手勢，和我說掰掰。

我陪著Fernn搭空鐵[9]回家，好幾個接近午夜的晚上都是這樣，列車上，她低頭回著爸媽訊息，偶而電話會直接打來，她掛掉後疲倦地抬起頭：「等等要被罵了。」接著看著我，用力眨了眼皺了眉頭，再緩緩鬆開。我們一起搭到她家的那一站，她刷卡出去

9 曼谷的大眾運輸網路裡，地鐵和空鐵分屬不同的系統。前者叫MRT，在地底；後者叫BTS，是高架，像是台北捷運文湖線。

後，隔著改閘口和我說，回到住的地方傳訊息說一聲。我說 I will。good bye。她轉身走去，沒幾步路，又像忽然想到什麼事情一樣，回過頭來淺淺笑著說：你如果去住他們的宿舍的話，被抓到，他們就會被趕出去。我噗哧了一聲，回應道，妳趕時間、快走吧。然後一個人走向對面的月台。

回去的車廂裡很安靜，幾乎沒有人了。貼著窗戶，自己的身影與城市的樣貌交疊在一起：王權京都大廈、四面佛、拉瑪八世大橋……，輕輕瞇上眼，這些經過的光被壓得扁扁的，像是炭火將要熄滅之前最後的火星，微微還留著餘溫。感覺得到自己心臟正在跳動的這種剎那，總是忍不住心想：現在這個世界上，是不是只有人造衛星知道我在哪？我有在前進嗎，還是單純在折舊而已？

——如果我忽然消失的話，會有人記得我嗎？

來到曼谷，這些問題並沒有因此得到解答。但是它確實提供了我一個安放自己的地方。我喜歡曼谷，是因為曼谷是這樣一座城市：一方面讓我更靠近地凝視回憶，另一方面卻同時讓我和回憶依然保持著距離。它和新加坡很像，但卻不盡相同；我在兩個地方都只是過生活而說不上觀光，可是細節也不全然一樣。現在與過去之間如果有一條線，那麼我就是屢屢站回線上六分之五的位置，與曾經的快樂和傷心還相隔著六分之一。這樣六分之一的距離確保了傷心沒有機會越界，快樂也不至於被複寫——台北和曼谷相距二千五百公里，和新加坡則是三千公里。

二〇一九年的九月底，曼谷新開了一家二十四小時營業的shopping mall。才下了飛機，Fernn就傳訊息和我說，晚上去那裡和他們一起吃飯。shopping mall才開幕一個禮拜，還有些店面沒有進駐，但人潮已經非常地多。和之前一樣，他們把我照顧得妥妥貼貼的，不論是吃是喝，都不必另外去要一份有英文有圖片的菜單，也不用費力地和店員溝通。兩個男生說整棟mall裡還有三座圖書館，但比起圖書館，更像共享工作空間。下載app申請加入了會員，就可以自由使用，裡面設計新穎、空間寬敞，而且也是二十四小時開放。這種除了飲食娛樂以外，還有其他功能以外的商場，是我在哪裡都不曾看過的。

他們帶我進去共享工作空間，也不單純只是要讓我參觀；找了四人的桌子坐下來，他們就開始討論起將要接近死線的團體報告，直到晚上十點。我在曼谷又這樣度過了一個很平凡但很安心的夜晚。兩個男生宿舍就在mall旁邊，他們和我們說晚安。我和Fernn則坐上了前往空鐵站的接駁車。車子久久沒有出發，似乎是因為時間還沒到，音響輕輕洩出抒情但又搖滾的泰文流行歌曲，我沒聽過，但抓到了旋律，最後一次副歌的時候，在漆黑中很小聲哼著。突然，Fermn握住了我的手心。好冰。好冰的感覺。我有點嚇到，停下了聲音，可是沒有移動。她側過了臉，一邊笑，一邊用氣音說：我好冷。

同時間音響廣播換了下一首歌，車子要緩緩啟動。我也覺得自己停在原地好久，此刻，終於能夠慢慢、繼續往前。

那是，我剛滿二十四歲一週，發生在我身上、曼谷帶給我一件很小的事。

天亮之前還有一百萬個祈禱

——想起那一年，我的二十二歲

你知道一架航班起飛前，一個空服員的準備時間是多久嗎？

當燈光全被調暗，黑夜注入了機艙。飛機開始慢慢後推，離開停機坪，座位上可能有人戴上耳機，可能拉上毛毯，也可能閉上了眼。綠色的安全帶指示燈在闔上的眼簾留下殘影，暈開，隨著機身搖晃搖晃，像是演唱會大家手裡的螢光棒。只是這個時候沒有尖叫也沒有掌聲，空服員正從兩旁走道經過，他們高舉雙手，一一確定上方的置物櫃是不是已經扣上；偶而，又得一次一次彎下腰，輕聲提醒：要豎直椅背、要打開窗戶的遮光板。

終於起飛的廣播伴隨著電波的沙沙聲傳出。到這裡，他們已經工作至少五小時了。而且這五小時裡面，大概只有兩小時是有薪水的。

再兩三個小時以後，馬上要準備送上第一餐。整趟飛行倒數還有十二、十四或十七……小時。

當然，如果生活或工作的一切都和數字那樣簡單易懂就好了。比方說：她的受訓期間是三個月，接下來一個月是一張班表、或許六七個航點、十二或十四個航班。又比方說：我和她平常相距三四千公里，時差是零，但這都是浮動的。還有，從認識的那一天開始算，我距離律師和司法官考試的一試剩下三十五天，二試則是一〇六天。

一般人大概不會知道準備法律系的國家考試是什麼感覺，因為法庭日劇或韓劇都不會演這個部分。這就像，一開始我也覺得空服員可以去很多地方、認識很多人，是份有趣的工作。她看見我在訊息裡這樣說，回了我：才怪。好痛苦。

大學留了四年的長髮被迫剪掉。隱形眼鏡一戴就是十幾個小時。眼影和指甲油都是規定的顏色。被大家說好看的制服其實勒死了，又很容易走光。「你知道當兵是什麼感覺嗎？」我說我還沒當過；她又說，那總知道腦袋塞很多東西、隨時要考試的感覺吧。於是隨便拍了一堆書和講義給我看，都是英文、五六百頁起跳。

「要全部念完。一有差錯，就打包回家。」

只有三個月，那個分量就算是中文，我也做不到。不僅身體，連腦袋也都不是自己的。而這些只是受訓的日子，結業後實際上線又會是另一個世界。

後來的某一天，她想起最初這些事和我說：本來在你說很有趣的那個時候，我就不想理你了。你是不是很白目？

我沒有回答，只是點頭。在還沒了解法律工作長什麼樣子前，就先知道了空服員是怎麼樣的工作。甚至在那段時間，我幾乎管不著什麼法律，把時間都拿去和她講了電話。透過被Line稍稍變質的聲音，和她說真正想做的事，會在這裡念書，只是和爸媽約定要找到一個可以養活自己的工作。她也和我說為什麼跑來做空服，現在只想要回去讀書；拍給她看椰林大道、總圖書館、二十四小時開放的自習室，她說好想念、好想要回公館。每個回不了頭的選擇，都有一個身不由己的理由。

國家考試的第一試全部是選擇題，都在測驗法條熟悉度。倒數沒幾天，我來不及逐一背閱，乾脆放棄，但記下的數字沒有比較少：四二二、往孟買（租賃契約書面規定），六〇八、往首爾（貴重物法定寄託責任）……

這些航班編號輸入特定的app，就可以看見飛行到哪裡，想念或擔心具體成為螢幕上移動的光點。但光點放大幾十幾百萬倍，還原成航空器，另一個人在上面的難受和寂寞，沒有辦法被分擔。

害怕自由落體，可是遇到亂流要裝作沒事。生理期忽然來到，可是走來走去要裝作沒事。生病抱著馬桶狂吐，可是出來以後也要裝作沒事。被leading罵完還要笑。遇到性騷擾不能哭。

當夜裡飛機巡航在三萬英呎的高空，飛過不知名的大陸和海洋，位置上失去時間感的人在用餐、在睡覺、在看電影，不會知道這些事。

我也要她和我說了，才知道。可是常常，下飛機、到了陌生的地方好不容易連上wifi，又會害怕身在另一個時區的我在睡覺、在念書、在補習……，猶豫好久，不曉得該不該撥出電話。

於是我和她說，我會隨時把網路開著，想打就打，不要緊。大不了坐到圖書館外頭的台階上，或者躲在補習班的樓梯間，半夜被叫醒的話，隨時都可以補眠。每一通捨不得掛掉的電話裡，她叫我晚餐不要亂吃，但明明自己可能餓了整天的肚子；和我說明天台北空氣品質不好，記得口罩，但明明自己錯估了南半球冬天的氣溫。

我就在這樣的情況下通過了國考一試。然後二試愈來愈近。圖書館裡許多人也在準備著相同的考試，從早八到深夜，扣掉吃飯，一天苦讀十四小時，每次看到都覺得惶恐。認真和她說，覺得自己要考不上了；她吃驚地回道：你不要嚇我。我努力笑出來，

「沒上就明年再來而已啊。」

「那我們還是不要繼續這樣了？」

我又連忙搖搖頭。雖然在心裡真的也不知道該怎麼辦。只能好好與不安的感覺共存。錯的時候遇到好的人，還是選擇了全力以赴。

橫越歐亞大陸或太平洋的航線，通常都是凌晨出發，與黑夜一同挪移，然後抵達當地的天亮。那個時候，通常是台北時間的下午或者傍晚。現在回想起來，我最認真花在書本上的就是這段時間。

為了對抗時差的錯亂，還有整個晚上的工作，她會用黃昏的時間補眠，直到我吃完晚餐叫她起床。這時距離起飛的時間大概是五個小時。她把手機放在桌上，打開視訊，開始綁頭髮和化妝，同時草草吃起叫來的外賣。我就坐在自習室外路燈下安靜看著，有時候她嘟嘴，有時候真的快掉下淚了。心情不好。不想飛。想哭。我和她說，畫完就不可以哭了噢，會花掉的。她說好，好想你。

空服員是個怎麼樣的工作，現在我會說，這是一份寂寞的工作。起飛前三個小時，說了再見，和乘客一樣出發前往機場。搭機的你或妳可以是任何姿態，期待或者不耐，但她沒有選擇，只能把微笑全部留給你們。

而同時間我一個人回到自習室，手機即刻失去了意義。很多人念書會把手機鎖在置物櫃裡，但我不用。全力念三小時的書，過了末班車的時間，再騎腳踏車回去。隔天醒來，馬上又出門前往圖書館。天還沒全亮的公車上，都在想著：此刻還好嗎？app裡關於航班的資訊，經緯度的數字跳動著，像是按下的碼表，我們誰經歷的都是不會再回來的時間。

她問過：「這麼多人，為什麼喜歡的是我？」我想了好久回答，愛是需要和被需要。她又追問，那換成是誰都可以嗎？

我說：看過《你的名字》嗎？彗星在正確的時候和地點落下，那樣千萬分之一的機率，兩個不相干的人才會突然有交集。

早一點或晚一點就是兩個世界的人了。

就不會有瀧搭遠得要命的車去找三葉，然後每天醒來覺得像哭了一樣。

如果是三葉以外的任何人都可以，那為什麼要叫「你的」名字？

說出這些話的夏天，我二十二歲，她二十四歲。

這樣年輕的我和她，和動畫裡的角色一樣，選了比較艱難的那一種喜歡。

我也會羨慕可以天天見面、一起讀書或吃飯的愛。但明白自己所得到的，都是那樣無可取代：考二試帶著日本的學業御守，去口試噴著法國的香水，感到緊張時，吃一顆德國的小熊軟糖……

一個人在外站的時候，她帶著下班疲憊的身軀、斑駁的妝，特地走出飯店買了這些東西。花的全是自己的辛苦錢。

如果時間回到過去，她把它們交到我手裡時，我會好好抱住她，而不是一直說謝謝。

有些人出現，就是來教你愛的。

當你學會了，她就要離開。

那一年，黃昏接近台北的時候，我讀了整天書，會再一次打開app。航班在異國的機場盤旋，排隊降落。我在想：逃生窗口看出去，地球另一端的天亮是什麼模樣？

那一年離現在或許還很近，但有一天會很遠。

在我看不到的天空，多麼希望以後陪在妳身邊的，都是永恆的流星、美好的日光。

輯四　南十字星

真正讓人害怕的不過是：當你還相信這個世界的時候，卻不被這個世界所理解。這就是我想要來當司法官的原因。

守在鏡頭正中央

Dear Yarei：

拍夜景的時候，我都會將相機調成手動對焦，尋找夠顯眼也夠順眼的某個光點為準。

謝謝你是我生活裡那樣遙遠卻別具意義的光。偶而沒有負擔地聊幾句話很開心。以後請繼續溫柔地守在鏡頭正中央。

◆

心中理想而且難忘的烤肉是這樣的：幾十個人，騎很遠的路，上坡提早加速、下坡鬆開煞車。長長的車陣恍如時光交界的拉鍊，遠遠拋在後頭的是夜色，往前、往前，所及之處默默成為黃昏。

最後的一段路，腳踏車道會臨著大河。風吹過，粼粼燈火搖晃搖晃。我閉上眼，一下下，火光已在木炭縫隙之間。不要用噴槍，總覺得手不疲、不留點汗，就不叫生火。能吃到東西，都是折騰一兩小時以後的事了。

這樣說來烤肉真是浪費人生。餓到昏又可能吃不飽，帶去的酒沒法恆常冰鎮。然而，記憶裡的每一次，所得到的快樂都能夠與疲勞與徒勞，持續對抗到隔日清晨。

起床的時候，彷彿我們還留在橋下，任笑聲和仙女棒燒著、燒著……

我不能想像與不愛的人浪費人生。

我不能想像青春身邊是我不愛的人。

◆

午夜的天空沒有雲，很完整、很遼闊，彷彿唯一缺口之處，是被月亮填補起來的地方。

這幾天月亮愈掛愈高，也愈來愈圓滿。提取腦中零星的記憶比對之後，總覺得是整片天空隨著時光挪移，同時也拉扯，所以月亮的位置一日一日在改變，形狀也是。而到了今晚，就正好來到頭頂了。我騎著車，回家，忍不住一路抬頭凝視那安靜皎潔的光，心裡有什麼坑坑洞洞之處，全都被溫柔地填滿。

想到寶礦力水得新推出的廣告有句台詞是這樣的：「君の夢を月に届けよう。月に誓ったその言葉は、いつも君を見守っている。」翻成中文的意思就是：把你的夢想送到月球吧。向月亮許下的那些話，會一直看著你、守護著你。

真的。期末考這一個禮拜以來，我書讀得再晚，月亮都一路跟著我回家。小時候大人說不能用手指月亮，不然它會跟著那個人，直到割下他耳朵為止。至於為什麼不能那樣做，當時沒有一個人告訴我確切答案；似乎也不太要緊，我自己終將在以後的某一天發現：真正會跟著我、讓我感到不安的，其實是那些愛過卻錯過的人、說到，但還沒做到的話。

◆

要到很大了才知道，小時候在萬聖節盛裝打扮，被幼稚園或安親班的老師帶去沿街討糖，其實都是se好的。那應該算是很善良、很善良的騙局吧。班主任或老師得事先和一路上的銀行、星巴克、麥當勞……喬好時間，排定流程，然後領著小孩子出發，在約定的午後到訪。而其中更細微的手法我至今都還沒完全參透：糖果巧克力到底是由那些店家自行準備，還是這也要由幼稚園先買好、再交到他們手上？

如果是後者，那終究出錢的還是繳學費的爸爸媽媽。至於是前者的話……

下午在一家手搖飲料店就聽到像店長的人這樣抱怨，有點不耐煩，有點兇：以後不要再隨便答應這種活動了。小孩子一大票來就要有人去接應，耗掉五分鐘十分鐘，客人等也會不耐煩……

前台的店員，大學女生吧，聽著，落寞地垂下頭。她摘掉黑框眼鏡，用袖口來回拭了拭眼眶。

我拎著太妃糖鮮奶茶離開，漫無目的地回想起關於萬聖節的一些事。一方面覺得很蠢，一方面卻又感到幸福。

原來，很多場合我能夠沒有負擔地笑，是因為有人為我負著更沉重的擔子。很多時候我能夠安心地掉淚，是因為有人比我早一步擦掉了眼淚。

◆

收到這個夏天的第一張明信片。

最近幾次旅行，自己寫明信片的數量變少了。一來是懶，二來是怕麻煩，而有時候這兩個指的是同一件事：找郵局買郵票就先累個半死，好不容易寫完了，又要開始找郵筒……。所以後來都乾脆先收在身上，最後一天到機場，再一次寄出。日本關西、挪威奧斯陸、泰國曼谷，我都知道出境大廳郵箱設在哪。這樣的結果只有一個——人回到了台北，那張薄薄的紙還留在和我擁有時差的地方。明信片常常已是拖到倒數的最後幾個夜晚才動筆，送達對方手上，又是旅程結束一兩週以後的事，和自己當下心情與感受，已經有段距離。

所以我收到明信片，會和寄出的人說一聲，謝謝你、我愛你，但很少再和他或她訴說，上面你寫的是些什麼。我就是會忘記自己寫了些什麼的人。

可是還是要說喔，我寫下的每一字每一句都是很真心的。好險那時候，有些情緒稍縱即逝、無以言說，但有寫下來讓你知道。拜託你，請你，幫我一輩子收好。笑和淚水都在信紙落進郵筒、離開指尖那刻失去了時間，像是硬幣投入神社的賽錢箱，銅板投入巴洛克的噴水池。我會有種衝動合十掌心，遠遠有祝福的鐘聲，水花落在黃昏的廣場。

年輕時候的心願、約定、還有感謝你會聽到嗎？

看不見你，我仍覺得你在我前方。

曲冰男孩

在曲冰部落的第四天，雕刻家Badu帶著我們體驗他一手規劃的部落健行之旅。正是盛夏午後，山風穿透豐盛的陽光，漸次加溫，就著我們伸展的背脊，熨燙著我們的衣襟。而我們在山與山之間迴轉。沿著產業道路邊緣的圍欄，然後越過梅園吊橋，山稜之巔，長長的人群一路迤邐，或高或矮的身影剪裁著天空；天空碎成一塊一塊的，暖濕的風繼續吹著、吹著，順勢將水藍色的拼布紋上青春的肉身。

風最後散成絲狀的雲朵，我們走入一片近乎原始而茂密的闊葉林，多餘的光線全被稀釋、過濾。這一路並不好走，彷彿一千年那樣深的落葉鋪成小徑，小徑倚著山壁起起伏伏，只容一人通行，偶有難察的盤根錯節勾絆腳踝、倒下的古木擋住去路，也有妖嬈的枝條藤蔓伸出觸手，搜索著一個相契合的手握。而悶濕的空氣逼出汗水流淌，溶掉滿身印上的天光雲影，我兀自揣想著飽和的藍色顏料正從額頭、從肩上臂上滴落，轉眼如注……然後聽見了水聲在坡下、在林後絮絮叨叨。

我們終於來到了水邊。Badu叫我們別穿襪子，直接踩著布鞋涉進水中，逆流往瀑布的方向走。我可以明顯感受到鞋板反覆地柔軟、彎曲，一張嘴的弧度，含嚅著溪床的稜稜角角；細小的砂石滲進鞋子，咬嚙著腳底。幾個跟著我們一起來的稍長的男孩，小杰、小恩、小鑫，他們走得特別快，似乎一路都是打著赤腳的；他們不時轉頭朝我們潑水，一下又急急拎著我們濕透的衣服，帶我們坐在瀑布底。啊！天然的SPA。拍打著頸肩，連綿的水瀑彷彿瞬間凝固，我感覺整個人被凍結在巨大晶瑩的冰塊裡；而頭頂的水柱仍舊不止地瀉下，啪拉啪拉，發出巨大的聲響，劈開整座山谷。回過神後，雲已經在山裡凝成山的形狀，衣服在水裡透成水的支流。而部落的男孩早已跑到了一旁抓螃蟹、抓蝴蝶。他們也撿樹枝，用石頭打磨成弓箭；倦了膩了，就呼著最心愛的凱西姊姊來比腕力。小恩在溪裡找了一塊平滑的石板，讓較勁的兩人對坐在水中。忽然他和大姊姊說了要換邊，「這樣妳才不會被刮到」……

他才將要升上小學六年級。他、他們，熟悉雲在山裡的舞步，熟悉每一條流水的歌譜。我們早上在學校裡帶營隊，為這些小孩準備課程，學到的卻遠比教出去的多。

最後這個下午我們溯過溪水，又再穿越一片叢林，踏上了濁水溪谷的河床。我蹲在岸邊，一片泥沙裡，依著Badu傳授的方式打水漂，卻怎樣也沒法成功。「這很簡單耶！

啊你不是建中的？」小鑫說著，湊了過來，想把我拉進水中一起玩；我還來不及反應，忽然感覺到一雙濕黏的手從身後貼上臉頰。是小杰，他咚咚咚地就跑進水裡，轉頭，手掌手臂全塗了一層厚厚的泥漿，一雙好看的雙眼皮微微瞇著。

我站起身追了上去，順勢把手上最後的石子旋入水中。忽忽想起前一天晚上才和他們說了自己從小在台北長大，讀建中，「建中可以常常看到你們親愛的北一女姊姊喔」。

——噢，是喔。

——那以後我考上了建中，你要不要請我吃冰？

好啊。

我們是這樣約定。那顆石子穿越我們之間，在泛著天光的河面彈跳了起來。一次、兩次、三次……剎時整個山谷整片洪荒，盡是不忍消退的水花。

出海口之夜

是不是，就算是記憶猶新的記憶，也會有殘缺的片段；就像夢到的夢，醒來後總有自己留不下來的細節。再怎麼補足那些不足，全然是徒勞。

就像那條河。我沿著騎過中游、下游，河堤社區、愛河之心，國賓飯店、遊船渡口。可都是斷斷續續地騎，市區的公共腳踏車太方便了，此借彼還，所以我看到的那河都是一段一段的。有經過的流域在腦中當然是影影綽綽，印象各不相同；沒經過的，從中游往下游看，在下游往出海口看，只能見波光水流如薄薄的玻璃片，煙茫茫地嵌入天際之中……。但我知道，看得到、看不到，那都是真真實實存在的同一條河。

那都是真真實實存在的同一段記憶。

而記憶還清澈的，是出海口那個晚上。那天，三月底，我和友人瑞環還有青年旅館的員工Jerry一起去散步。緣由、源頭是什麼不記得，似乎也不太重要，瑞環和我都是隨興的人，苦苦等待寒暑假的學期中隨意訂下一個週末，禮拜五晚上搭高鐵南下，住兩晚，禮拜天早上或下午再悠悠回來，好幾次了；也或許正是學期中，旅遊淡季，青年旅館不會有太多住客，所以Jerry能夠晚上披個外套、套上鞋，和我們一起外出閒晃，說走就走。

寬闊的路口灌著透明的風。是海那邊吹來的嗎？我們朝港口的方向走去。沿途是駁二C區倉庫，路燈下，樹影浮貼在夜裡的自行車道，風來時就不住地飄飄搖搖，然後偶有一把葉子綴在上頭。

一行三人。那時我、瑞環都大一，Jerry大四，但我總覺得Jerry比我們兩個大上許多。甚至感覺比青年旅館的老闆還大，老闆明明已經是三十出頭的人，白天有正職工作，銀行業，但也似乎只有在他剛下班、還沒換下西裝前，會深刻感受到我們之間的年齡差距。老闆是個熱衷旅行、愛交朋友，而且容易聊天的大哥哥。有時候新客人入住，Jerry幫忙提著行李，向人家介紹青年旅館一切的設備、設施，我都打趣地插嘴道：「他叫Jerry，是這裡的老闆。」接著，再指著老闆說：「這個的話，他只比我大一點，讀大四，是Jerry雇來的打工仔！」

真有住客被我這麼一說，一楞一楞的，就要信以為真了。他們追問下去，真的嗎、真的嗎？

「靠！你真的很會說話欸。」老闆則是笑得一張臉泛紅對我叫道。

而Jerry就在一旁，笑得還是那麼節制、靦腆，不受打擾一樣，繼續耐心地解說下去。

所以，到底為什麼會有這種錯覺？大四，比二十歲再多一些些，學校裡面這樣年紀的人很多吧，學長、學姊，我自己也很快就是了。而且，Jerry全身上下看去並不老沉，相反地，他濃眉大眼，斜瀏海長度適中、梳理得整整齊齊，肌膚黝黑了點但很光滑。總之，就是個大學生會有的樣子……

但當在夜裡漫無目的走著，時而前後相偕，時而步伐一致、並著肩，才發現，他的身材是如此的好。

比常人厚實許多的肩與手掌，我幾乎能想像那雙臂寬闊地張開，就是讓人能安下心的懷抱。

那好像，當我還很小很小的時候，能一把將我抱起來在半空繞來飛去、比我大上十四五歲的大表哥。

「是因為練游泳所以身形才這麼結實的嗎？」我問Jerry。倉庫區走到了盡頭，右手邊出現了第三船渠，愈往前，船渠漸寬，路也是。

「現在沒有了吧。很久沒練了耶。」他回答，「因為離開體育班很久了。」

「那以前很操？」

「對。而且教練很兇，很嚴格，沒達到標準就再游，還會被罵被打。爸媽也很支持教練。」

「為什麼啊，體罰不是違法的嗎？」

「我也不知道。但真的培訓出滿多國手的，家長也希望這樣吧。可是當然也有同學受不了的啦……」

體育班的生活啊。從小到大當然遇過很多體育班的同學，但從來沒好好聽他們說過自己的故事，所以一口氣就問了Jerry好多問題，彷彿是為了要拼湊出那我未曾接觸過或擁有過的人生圖像。瑞環也問，有時候我們的疑問相類似，有時候他會吐槽我，「你這什麼爛問題」，但Jerry總急急應道：「不會啦、不會啦。」然後盡量讓每一個問號都對應到記憶裡的答案。我們就這樣掠過船渠裡泊停的、隨潮水上下起伏的艘艘漁船。

紅色的閘門夜裡沒有拉上，跨過去，就是海巡署的碼頭了。說是碼頭，但和來時相接的磚瓦大路無所差別，船渠也是相通的，只是停的不再是漁船、小艇，水波來回拍岸的低低迴響也聽不見了——偌大的巡防艦占掉所有空間，也鎮住了船渠裡規律的潮聲。

剩下我們說話的聲音了。

然後我們也安靜了下來。話題和話題的空檔，天地寬闊，闃無聲息。

三人都不出聲時，好像就只是各懷心事、各自前進的三個人。

直到又能聽到了水聲。走過巡防艦，瑞環問：「那為什麼後來不游了？」

「我還有游啊，只是都在暑假。」

「不是啦。是問為什麼大學為什麼不繼續練下去，加入校隊啊……」

「或去讀體育大學之類的。」我補充。

「噢。可是高中到後面，大概慢慢就知道自己沒辦法下去了。」

「什麼意思？」

「有太多實力更強的人啊。比賽都會看到。」

「這樣啊……」

Jerry把雙手插進外套口袋，外套被風吹得像翻騰的浪，他仰起頭。

「所以我媽就叫我好好考個大學吧，多念一點書。」頓了一會，他笑起來：「反正不練游泳多了不少時間，也不知道要幹嘛，剛好。」

我問：「所以只游到高二囉？」

「算吧。但我也是沒全部時間都在念書啦，所以後來也……」「啊反正，你們一定比我認真比我厲害多了。」Jerry說了一連串。瑞環聽完，淡淡應道：「我覺得，你媽是對的耶。你如果只游泳的話，將來……」

我則打岔說，會游泳很猛好不好，像我游五十公尺就覺得快淹死了，Jerry你有沒有去當游泳教練，薪水一定大勝我們打著台大名號當家教賺的……。他說有啊，一個小時大概一千。「但很不穩定，而且通常夏天才有。」

所以平常才在青年旅館工作吧。我知道Jerry是因為跑馬拉松而認識老闆的，旅館新開幕一年多而已，他已經大三大四，課少了，集中排在某幾天，就可以大多時間留守、排班工作，有課的時候再通車去台南的科大上學就好了。而我不會在他上學的時候看到他，看到他的時候，他不是在整理被單、吸地板，就是用流利的英語和一些日文韓文為背包客們辦check-in。就是因為這樣，所以覺得我們的年齡很遙遠？可是，只因為這樣嗎？

大概又走幾百公尺，終於到了碼頭的盡頭。

沒路了，眼前是一整片平靜而完整的水。出海口。從左邊流進來了愛河，往右邊流出去，就是海，就是高雄港區。《痞子英雄》在這拍過，只是電視劇裡、電影裡拍的是白天；對面有一幢幢體面的建築，還有八五大樓，沉沉的夜色裡它們零星亮著媚惑的光，倒映在水裡，倒向此岸的我們。

我們三人就坐在最底最底，將要臨水的分隔島上，靜看著河流出海，左岸最後的腹地全在視野之中。瑞環喃喃說道，欸真的是八五大樓耶。我和Jerry只是短短嗯了一聲。隔了一陣，Jerry才又說：「我以前在八五上面觀景台的餐廳打過工喔，高三的時候。」

「真的假的，你不是要念書？」「這樣不會很累？」「做多久啊、薪水高嗎？」「可以每天免費看風景耶……」我和瑞環又熱絡地討論起來，最後問到：「那為何不做了？」

Jerry有說，但我自己忘記了。是老闆太苛？覺得沒有長進？還是太累？也可能都不是。只記得後來我提議走不同的路回去，卻在一片漆黑之中誤繞進了輕軌的工地。彼時尚未完成、擱置的鋼梁戳刺著天空，讓人感覺格外荒涼。碎石滿地，屢有圍欄或雜草阻斷去路，Jerry本來只是跟著我和瑞環，最後變成帶著我們繞出去。他一邊說，離開那餐廳後，正好認識了老闆，於是就來青年旅館工作到現在；只是大四下，要畢業了、得去當兵。

「那以後還會留在這邊嗎？」我問。瑞環則大力推薦他去當空服員，說他身高夠、臉不錯看，又會那麼多語言，很適合。

Jerry笑笑說：「等當完兵再看吧。」然後換講一些輕鬆的，青年旅館發生的事，還有遇過的奧客，不知不覺也就回到了來時的大路。轉身看，出海口已經遠遠在身後，但回程的路還有一大段，我們在這之後還聊了什麼啊？

記憶在最後這邊也是空白的，不過應該就是笑和鬥嘴，也間隔地沉默。

能夠有機會這樣聽Jerry說話真是好，不然，只是待在青年旅館，通常就是老闆、員工主動和來來去去的旅人閒聊。Jerry早就知道我和瑞環是高中男校的同班同學，都住台北，念台大；瑞環是國企系的，還曾認真幫他們算過大概要多久，這旅館才能回本。他已經認識了我們。而散步到出海口的這個晚上，我們也真正認識了他。能好好聽成分、性質與自己相異的同齡人說話，總是難得。

現在輕軌完工了，往出海口的那條路據說封了起來，Jerry也去當兵了。以後會怎樣呢？我只覺得幸運。趕在什麼都可能來不及以前，一個人靠著斷斷續續的記憶，告訴我一個完整的故事；而我靠著斷斷續續的記憶，完整地認識一個人。

阿丰哥麵店

法律學院對面巷子裡的麵店「阿手哥」倒了，帛硯和我說了才知道。說實在，那其實是一家存在感不特別高的店，夾在人氣很旺的二八麵堂和健安雞肉飯之間，我到了大二下學期才發現它。每次去吃都點牛肉乾拌麵，時間一久，也變成中午吃飯的一個重要選項。

但會讓我小小掛念的不是牛肉乾拌麵，是常常在店裡的小女生。大概是老闆的女兒吧，八歲、十歲的年紀，會收錢、會和你說酸菜泡菜哪裡自取，點餐後，會拎著單子衝進廚房裡，踮起腳尖，在老闆耳邊窸窸窣窣。

小女生是短頭髮，及肩的長度。她一直給我種超齡的成熟感，吸引著我。幾乎沒聽過她講話，嘴巴都抿著，然後只用一雙大大的眼睛與外界溝通。眼神很篤定，可是也有說不出來的空洞。

她讓我想到之前和Yarei去看的《終極追殺令》（Leon），裡面娜塔莉・波曼小時候演的女孩殺手。除了外表、穿著很像，也都有種外冷內熱的特質。不過當然，我是不會真正看到女孩的溫熱面的，只能每次低頭吃麵、滑手機，一邊暗暗揣想她也會真切地為了什麼而開心，用力地揮霍平時不輕易提領的笑容。

可是她不會再回來了吧。法律讀多了，總會不禁往比較壞的方向猜想——阿手哥不久前才剛整修完啊，老闆一家大小好像都顧著那店，生意也一直不差，實在沒什麼理由說走就走。

希望女孩好好地長大，在命運的輪盤上，總是剛好選到幸運的那一邊。

寺裡的月光

黃昏的時候離開清水寺，沿著三年坂、二年坂一路下山。午後六點鐘，店家打烊，遊客散去，漸暗的天光之中我停在岔路口，問道：「要回去了，還是再繞一下？這裡過去還有一間高台寺。」媽媽說，沒意見，我們都聽你的；我轉頭問妹妹，妳呢？她說，好、那走吧、來了就去。

於是轉入寧寧之道，走到快盡頭，右手邊一連串石階爬上小山坡。可以感覺到爸爸媽媽累了，旅行的第一天，一大早搭機到現在，不太有時間吃飯、好好休息，他們距離走在最前面的我愈來愈遠。我卻沒有想像中的倦怠。本以為帶全家出來玩，一個人負責打點一切，會像工作而不是旅行，所以久久沒有定下行程；而其實也沒人催問我、給我壓力，某個晚上，忽忽閃過這麼個念頭：好吧，就試一次。然後便刷了機票，訂房，確定成行。和媽媽說，去京都喔，我很熟，這樣我最輕鬆省事，你們不要有太多意見。她直說不會不會，「爸爸一直很希望是全家一起出去，不然平常沒有機會好好和你們講到話。」所以，去哪都好。

我很快爬到階梯最上層，跨過門檻，等著大家上來。迎面的是傍晚的鐘聲、準備離開寺院的人。妹妹隨後跟上，問我還要走很遠嗎，進去後？

進去啊，有一個庭院，然後可以往後山爬，繞一整圈，下山的時候會穿過整片竹林，很美。

啊，還有一座很大的佛像，還是觀世音像，不太清楚了。

有印象的是：第一次自己來的時候，也是冬天，院子裡的池塘好像結冰了，我蹲在池邊一顆接一顆地投擲石子，確認池水的質地可以既是柔軟、又是堅硬，無比著迷。後來走上山，往下看，參天竹林掩去小徑，下坡的路成為一條綠色隧道；但那不是單一的綠色，日光稀稀疏疏投射，有些地方濃烈，有些地方淡薄，拿起相機直按快門，久久捨不得走下來。

一個人在路上，有太多事情可以講了。可是其實也沒什麼太特別值得一一報備、細細交代吧，我想，指了指售票處和妹妹說，要走也沒辦法了，超過六點，關門了。她回道：「這樣噢……」，感覺小小的遺憾，可是又有種鬆一口氣的心情。這是為什麼？她轉頭找了找爸爸媽媽在哪，發現他們已經上來，但似乎根本沒有要再入院參拜的意思，兩個人站在空曠的停車場，合掌虔誠地面朝後山。

我跟著妹妹走過去。原來後山巨大的神像是觀世音菩薩。起伏的山形慢慢在天色裡失去輪廓，爸爸先轉過身來，面向山坡下，我和他說，那是八坂塔、那是京都鐵塔，我們住在後站的八条通，所以在鐵塔相反的方向……。又說，晚上去京都車站樓上吃拉麵好嗎？然後看你們要不要上去京都鐵塔，七百日幣，或是可以去泡公共澡堂，呃、雖然不是溫泉，但很棒……

而爸爸只說了一句：「今天月亮好大。」

「嗯，我有看到。」

此刻，天空的顏色是入浴劑那樣，深紫淺紅，京都市區沉沉浸泡在剎那溫暖。很低很低的地方有一輪完整明月，白光冷靜、純粹，卻無損全城溫柔。

我已經超過二十歲，經濟沒有完全獨立，卻已經習慣一個人面對世界的好壞兩種。我不喜歡別人過問我的生活，但其實，如果是真心想要了解我，我不介意。我習慣一個人往前走，遷就於誰都會不耐煩，但其實，如果是等待愛我的人，我可以接受。

當山腳下路燈都亮起的時候，高台寺只剩下月光。明月上升了一點，在觀音像上投下潔白的光。離開前，爸爸媽媽再一次鞠躬、合掌，念念有詞，所求無非就是快樂、平安。旅行的我只會拍照不會拜拜，但真心希望，我親親愛愛的人，不管去哪裡都有這趟旅程幾十幾百倍的快樂，從此之後都有此刻幾萬幾千分之一的平安。

母親節快樂

母親節沒有陪媽媽吃任何一頓飯，晚上十一點才結束台大藝術季的工作，搭公車回家。

想一想，媽媽真的很聽我這個兒子的話。叫她不要在家裡的Line群組分享一堆垃圾，從此再也沒看過一些有的沒的連結。和她說明天要蹺課不准叫我起床，睡到快中午，她真的連房門敲都沒敲。

還有女朋友的時候，她問我，以後會和人家結婚嗎？我毫不思索地回答：不可能。她說那這樣會讓人家有期待啊、是不是不太好……，我回道：干妳什麼事。然後她再也沒過問我的感情生活。

高二的時候幾乎不念書，把時間都拿去寫作。她問，你要寫到什麼時候，要高三了。我說，開始寫了，就不可能停，除非死掉。我要當作家。於是後來每一篇發表的文章，她都會把剪報小心翼翼地收好。

我不是一個聽話的兒子，媽媽一定有很多疑問、好奇、焦慮、擔心吧⋯⋯。比如不回家吃晚餐的時候，比如課都不好好上的時候。比如出遠門的時候、失戀的時候、熬夜的時候。每一個當媽媽的人，幾乎都是第一次當媽媽，不知道如何拿捏和青春期的兒子、和成年的兒子相處的分寸。而我的媽媽選擇給我最大的自由，沒有干涉，愛是不問、少說，自己一個人默默承受焦急困惑、期待落空。

夏天過後，她就要去上海工作了。媽媽是台大數學系畢業，那個年代，她好多同學成為教授、科技金童；她成績最好，卻只是一個高中老師。但她說，她覺得很滿足，能夠當老師，能夠把兒子女兒教得很好。我是不是很好，不太知道啦，只希望到時候她回來，幾年過去，我能夠沒有愧對她予我的包容，好好成為一個法律從業人員，還有一個厲害的作家。

父親節快樂

在我小時候是沒有零用錢這個概念的。我的認知裡只有：和爸爸拿錢。而且是沒有額度上限的那種。

這是爸爸愛我和妹妹的方式。身為老師的媽媽很不能接受這種教養方法，我也不行。因為客觀來說，我生活中很大的困擾便是由此而生——國小作業有零用錢分配計畫的，我都得亂掰。小孩子間互相探問得到多少錢、花掉多少、存了多少，我又要再胡扯一套。

另外一件很衝擊的事，發生在我國小五年級。去了澳洲，回來的寒假作業上，我敷衍地放了幾張照片，然後加上註解。其中一個是在墨爾本某個公園的湖邊，我寫的是：晚上八點半。

同學看到後很多的反應是：哇真的假的怎麼可能。晚上八點半欸，天空怎麼還是亮的。我不記得當初回應了些什麼了，雖說是衝擊感，但也是長大後回想起來，才擁有的心情。

不是每個小孩子都能在十歲的時候出國，到一個很遠很遠、高緯度的地方。就算從小看很多書、知識比別人廣，也比不上我這樣飛機單程八個小時飛一趟。

我的爸爸是這樣願意投資我、花錢讓我長大——即使長大後有很多叛逆、爭執、誰也不想聽從誰的話。

律師一試前幾天的某個晚上，半夜忽然失眠，爬起來坐在客廳滑手機。無聊翻了翻桌上的報紙，其中某一份，打開是駱以軍拿下今年聯合報文學大獎的專訪。

我很確定那樣的摺痕、那樣的疊放方式，是爸爸看完了整版的報導。夜半裡的手機發著光，忽然好想找人說這件事。光怎麼像浸到水裡一樣，開始折射偏差。

謝謝你在我看不見的地方，仍然奮不顧身地努力來理解我。哪怕只多那麼一點點、一些些。

父親節快樂。

青春無事

——寫在台大畢業典禮前，給媽媽，和我在法律系最好的朋友們

我的媽媽是一個非常善良的人。

善良到，我覺得這個詞用在她身上，甚至是負面的描述或說法。去年夏天，八里的家因為裝潢，和鄰居發生了點小糾紛。他們覺得家裡牆壁出現裂縫，是我們害的。那是一對中老年夫婦，他們跑去區公所聲請調解，我出面成為對造代表人，心想：你們自己要走法律這一條路，那就來吧。過程中，我只是像寫考卷那樣，就事論事，適用法條、涵攝細節，但忽然媽媽在桌子底下輕握住了我的手，然後湊近我耳邊說：「小聲一點、溫和一點。」

後來回去的路上，爸爸和媽媽說，人家比你兒子大聲多了，而且還兇。

這大概就是我們相處的狀況。我們家有三個人念法律，其實很多時候不能接受或理

解媽媽做人做事的方式，於是索性改用法律用語自己對話。事後回想起來，常常覺得這樣很壞，也不禁捫心自問：媽媽最開心的片刻會不會是回外婆家，和我的表哥還有表弟講話的時候？他們兩個都是念數學系的。數學是媽媽熟悉的語言，精準但不尖銳、答案固定、沒有歪理。反倒是自己的兒子最難溝通。

不過，這樣還是沒解釋到，為什麼「善良」用在她身上，是個負面說法。我自己也是到最近才能夠完整給出一個解答。大學的最後一學期，我在兒福聯盟的信義親子館做服務學習，在那邊最常做的一件事就是跟在各種小朋友身後，把他們弄亂、亂丟的玩具整理好歸位。某次一個小男生用三大箱積木堆了一個接近我三分之二身高的巨塔，他自己都要站在椅子上踮腳尖才能蓋上去。所有積木都用上後，我幫他還有他媽媽拍了張照，然後和他們說：我來收就好了。接著要動手的時候，那個媽媽卻叫我停下來，她說：「沒關係，我要叫他自己收。」

那個瞬間，我想到的就是我媽媽。小男孩的媽媽留著齊肩、俐落的短髮，穿著簡單的T-shirt和牛仔褲，和那些精心打扮、穿搭潮流的網美媽媽們不同。網美媽媽會熱切地自拍、拍小孩，然後上傳Instagram，看到我幫他們收拾玩具，也會抬頭熱情地和我說謝謝，然後叫了身旁的小朋友說：「和哥哥說什麼？」我以為這就是最有禮貌的表現了。

沒想到，竟然還有更高等級的，放著志工如我在旁邊不用，堅持培養小孩自律的習慣。

我看見小男孩完全沒有不滿、超級聽話，重新站到椅子上，用盡自己極限小手一次抓滿五六塊積木，然後下來、放好，然後再站上去，如此反覆。他媽媽就坐在一旁看著。後來和親子館的幼保老師們說起這件事，他們直呼，天哪這家教真好、真不得了。我繼續問老師們，那這樣的家長多嗎？他們應道，當然很少。

這就對了。老師們其實也都是比我大沒多少的大姊姊，幾乎都還沒結婚生小孩，我和他們說，小時候我媽媽就是這樣教我的。我媽媽就是那種會要求自己小孩收拾東西，不假他人之手，縱使付了錢享受服務的人。這讓我長大、上學以後，有很多時候過得不快樂、很掙扎。

因為凡事盡力的小孩，做團體作業會被同學搭便車。凡事聽話的小孩，上課會安分閉嘴而不是趕快回應身邊同學的悄悄話。有責任感的小孩，美術課要幫別人洗水彩盤，家政課要幫別人帶食材，打掃時間要做兩倍以上的工作。心太軟太好說話，所以什麼事都被當理所當然。一有失誤、一到臨界點情緒爆發，反而還會被指責被恐嚇絕交切八段。

這些全部都在我的國小和國中真實發生。可是我什麼也不敢和媽媽講。而且回想起來都感到不可思議，那些時候最大的難過、害怕，往往不是被欺負被利用，而是被討厭。但明明有所付出的人，才是最有資格討厭別人的人。究竟五歲的我、十歲的我、十五歲的我到底在想些什麼？不和媽媽說的原因，我一直覺得，是因為怕被再次檢討，得不到自己需要的安慰。

成長的過程中一再發生類似的事情，讓我學會了複雜但卻反射的防衛機制——除非妳自己知道，不然我不會和妳說，再大再委屈的事情都是。

幼稚園和別人打架，我咬了對方，最後被拎去百般道歉，我說對不起，媽媽也一直和人家說對不起。小學我忘記無心說了什麼，女生圈子的頭頭大暴走，拿拖把浸滿髒水直接往我背上打，回家我哭著自己洗衣服，媽媽說誰叫你要講那些話。國三我被班上一個男生過肩摔，腦震盪請假了一個禮拜，爸爸怒不可遏想要找對方家長理論，媽媽卻在意為什麼早有誤會不和彼此說清楚，結果最後傷害了自己。

這就是我的家教。我的媽媽是一個非常善良的人。善良到，我覺得這個詞用在她身上，絕對是個負面的描述或說法。她自己也會在工作上、在親戚間被欺負，但我看到的永遠是她檢討自己哪裡不夠好，然後去成為先道歉的那個人。我不喜歡那樣的她。現在回憶起小時候那些事，小男生小女生間的爭執甚至暴力，縱使有我錯在先的時候，對方給我的傷害也絕不在小。我都會默默想著，我是一個懂法律的人，以後自己的小孩如果被這樣待遇、對方又蠻橫不講理，我會不會堅持去出一口氣？

而媽媽只是擔心地說，這樣你的小孩會被排擠。

天曉得未來會如何。我只知道高中以後，自己不再是媽媽心目中那樣純正善良、乖巧的兒子。至今她提到建中，偶而都會忍不住噗哧一笑，說：「你們在那邊都學壞了。」這除了上課吃飯睡覺滑手機還有翻牆蹺課的部分，大概是指我變得……，怎麼說，說好聽叫有個性，說實話叫難相處。

媽媽覺得我做事、說話變得不夠圓融。圓融這個詞大家很常用，但也說不準具體內涵是什麼。我感覺到的只是更自在、更快樂。而既然是快樂的，漸漸媽媽也不再說什麼，不再糾正我些什麼。

那就像是看著兒子堅持不願收拾玩具，但也沒有出任何聲音，只是靜靜看著。我一溜煙地就這樣跑掉了。去用自己的方法，找其他人玩，玩別的東西，絲毫不受控制。媽媽從不知道、也沒想到，兒子會有個時刻突然回來，把巨大的積木收拾好，回到自己身邊。因為媽媽們都是這麼善良單純，只要兒子是安全的，那就一切都好。

我就是把積木推倒傷透媽媽的心，然後鬧脾氣，最後才默默收拾的那個人。大學畢業典禮的前幾天，我說出銳利的話意外被傳出去，一次體會到失去大量的朋友的感覺，差點就要變回剛轉進法律系的樣子。本來想想，要畢業了就算了，但不知道為什麼內心有個聲音，告訴自己不能夠這樣。說出來了，終究帶給了別人不愉快，那就要負責。媽媽會這麼對我有期望，用我們最低標準的法律邏輯來看也是這麼如此——條件因果關係，非P則非Q，若我沒說出那些不加修飾的話，也不會有誰辜負我的信任，傳出去進到當事人耳裡。而負擔責任到什麼程度，完全是另外一回事，至少絕對不是去指責傳話的人。

於是我親自寫了長長的訊息道歉。然後開口和媽媽說這些事。一個人坐在圖書館前的台階上打著越洋電話，夜色環繞，她在那一頭和我說：「你做得很好。」

這是我從小到大，二十二歲，第一次和她說出我生活裡遇到的困境與煩惱。一邊說著，竟然有種想要掉眼淚的感覺。不是因為終於得到了安慰或理解，單純是因為我把它好好說出來了，和我最愛的人，和最愛我的人。她怎麼回應我並不重要。畢竟，我本來覺得她聽完，又會檢討我講那些話應該或者不應該的。

我早就做好心理準備、下定決心，就算她會這麼回應，我也要和她說。

在電話撥通的那一瞬，聲音從話筒穿越幾千公里抵達我耳邊時，終於透徹明白了：

小時候不敢和媽媽說，是因為怕被指責；長大以後不敢說，卻是因為怕她擔心著我。如果我能自己好好處理好、收拾好，那最後和她說也無妨。

所以掛電話前，我和媽媽半開玩笑地說，妳來畢業典禮時看到我和某些人很尷尬的話，那妳也不用尷尬喔。那是預期內的現象，正常發揮、正常發揮，不要怕。

這是第一次媽媽要來看我的畢業典禮啊，特地從上海飛回來，不知道到時候會怎麼樣呢？把一個兒子教到念建中、台大，實際上卻不完全是自己認可的樣子，這是什麼樣的感覺呢？

我無法為媽媽回答。動畫電影《聲之形》裡，講述一個霸凌聽障生的小男孩，如何在長大過程中得到對方的諒解，也同時與過去不能原諒的自己和解。掙扎的歲月裡，覺得身邊每個人都懷著異樣、責備的態度看著自己，彷彿每個人臉上都有個巨大的叉叉一樣。最後是什麼力量讓那些叉叉脫落下來，而自己終於能夠有勇氣重新好好面對人群？

片尾曲溫柔地響起，我覺得在我的生命裡，那樣的力量就是來自我媽媽。

我的媽媽是一個非常善良的人。善良到，我覺得，自己和她不一樣，也永遠無法做到和她一樣。

小熊維尼獵蜜記

四周燈光昏黃，我反覆踮起腳尖看著排在前面的人潮，然後又低下頭盯著手錶，內心很焦急，也不知道該如何是好。秒針一格一格持續地移動，但排隊的人群並不如此。快要九點鐘了，約定的時間就快要到了。

好不容易又往前進了一些些。但也就是這個時候，我做出了決定。我深吸一口氣，閉上眼再睜開，一把抓起妹妹的手，開始回頭奔跑。我們與排隊的人逆向，穿梭在他們的胸口或腰間，一路又撞又卡；我顧不得可能有人對我們露出嫌惡的眼神，或者語出批評、咒罵——反正我也聽不懂。我從頭到尾只專心確認著一件事：妹妹的手在我手裡，那是我答應爸爸媽媽的，不管怎麼樣，我都不會把她丟下。

我們離開了建築，來到空曠的大路上，還剩不到十分鐘，兩個人繼續往出口跑著。那一刻，童話般的造景與我們無關，魔幻的照明和燈火與我們無關，路人滿足的笑容或手上的戰利品也與我們無關。身邊的一切像是快要下飛機前，來不及看完只好快轉的電影結尾，畫面一格格跳接，情緒變得不明，也沒有了聲音。我們的一天就要這樣倉促地結束了。

突然，傳來了一聲「砰」的巨響。接著，是更多相同的聲音。

不同顏色的煙火遠遠在我們身後炸裂，然後攤展開來。光點圍繞著城堡，在沒入黑夜之前，留下了美麗的弧線。妹妹停在原地，仰起頭，我叫她別看了，趕快走吧。她嗯了一聲，繼續移動了腳步，但是頭還是抬著看往城堡的方向，然後倒退著跟著我。

光讓她的臉龐暗了又亮，亮了又暗。我看見淺淺的痕跡，好像流過眼淚一樣。從什麼時候開始的呢？我不知道，甚至不確定自己有沒有看錯。我不敢再看她一眼，也不敢開口，一個人就低下頭，很慢地繼續往前走。煙火的聲音在我的耳朵轟隆轟隆連綿成一片。內心突然也變得很難過。

我不知道妹妹還記不記得這件事，但那樣難過的感覺，往後好長一段時間，我常常一個人想起來。想起她努力說服我：再排一下下就會輪到我們了，不會錯過集合時間的；後來，慢慢地，那樣有把握的語氣轉為低聲下氣的哀求，一個快要哭出來的語氣和我說，她真的很喜歡小熊維尼，來到這裡，唯一的心願就是玩這項遊樂設施。她和我保證，一玩完，一定會用比以前任何時候更快的速度，和我一起跑到集合的地方，不會拖累我。

可是我沒有相信她。

那是二〇〇八年，只有我們兄妹兩人而沒有爸爸媽媽的東京。我們和一群同學去鋼琴表演，待在日本的一週，某個無事的午後，老師帶大家一起去了迪士尼。這麼多年過去，兩個小孩，一個十二歲、一個十歲半，一路奔跑，一路各懷心事，但又一路很安靜的晚上，幾乎就是那個夏天留下給我的全部記憶。

我相隔十多年以後再一次回到了東京迪士尼。一入園，早上九點鐘晴朗的陽光讓人幾乎睜不開眼，我的旅伴很開心地捧著手機和我說：「我已經先抽一張快速券了。」我問她是什麼遊樂設施，她和我說，最多人推薦的，小熊維尼獵蜜記。「時間排在下午一點，我們可以先去其他地方逛。」她戴著Duffy Bear耳朵造型的髮箍，目光停在我身上，上下打量了一陣，接著又說：「欸，都來這邊了，應景一下啦。」

她指了指旁邊的紀念品店，示意我一起進去。在店裡面，我也沒什麼遲疑，很快就選了一個咖啡色的髮箍。髮箍上面有一隻小熊維尼，戴起來的話，維尼就會趴在頭頂上，靦腆但又居高臨下地看著這個世界。我把髮箍拿在手上轉來轉去，旅伴和我說，買了就戴啊，它和你的上衣顏色很搭。

「如果我現在戴了那還適合拿來送人嗎？」這樣的念頭在結帳前，有那麼一瞬間，曾像閃電一樣出現了在我腦海。但也就真的只是一瞬間而已。我很快就說服了自己：妹妹不會和我計較這種事情的。心意比較重要。而且，大不了，我可以再買其他東西給她啊，也沒人規定禮物只能送一個……

於是我也就心安理得地戴上了小熊維尼髮箍。聽起來，我買禮物給妹妹像是「順便」的性質，少了那麼點「因為在乎所以送禮物」的特別、慎重，還有純粹。我不否認這件事。大家心目中理想的哥哥形象都是：照顧妹妹、保護妹妹、優先為妹妹著想，我從小也被爸爸媽媽賦予了相同的期待，但很可惜我沒有成為那樣的哥哥。當我也還是小孩子的時候，「為妹妹著想」從來不在我的考慮選項裡頭。

妹妹在我小時候是神一般的存在。她讓我直覺想到的就是：班上那些永遠成績比我好、考試不會失手的女孩。然後我在家裡被拿來和她們比較，為什麼別人不會粗心但你會？為什麼別人可以但你不行？妹妹不是我的同學，但她就是那樣無懈可擊的人。不只有成績，我們一起學的鋼琴、書法，一起參加的各種作文比賽，一起去考的英文檢定……，她也全部把我遠遠甩在後頭。

當她得到所有注目和掌聲的時候，我站在陰影裡，同時失去了自己的名字。我們年紀只差一歲半，除了上學不同年級以外，所有課外的才藝、補習，都是同進同退的。當大家都看到一個閃耀的「跳級生」，就沒有人記得我了。我就只是那個ＯＯＯ的哥哥。

成年後想起這些事一方面覺得無傷大雅，一方面也覺得有點幼稚。現在有人提起我的妹妹，我也會很驕傲地說：「對，她就是我妹。她比我強啊，怎麼了？」而這樣的反應，正是爸爸媽媽最希望小時候在我身上看到的。可是⋯⋯。可是那對一個好強的小男生來說，有多麼困難。那樣好強的他沒有任何辦法，只能半夜一個人躲在被子裡流眼淚。他希望沒有這個妹妹，或至少不是一個這麼優秀的妹妹。哭完後，天亮了，他還是要去上學、要去彈鋼琴、寫書法，然後節節敗退守著自己最後的自尊心。

那麼漫長的童年和少年時光。我一直覺得，我的妹妹根本不是需要我為她著想的對象。就算我為她著想了，可是有人為我嗎？大家對於理想哥哥的想像，存在著一個隱形的前提吧——哥哥比妹妹有實力。妹妹不能是個超人一般的角色。

二〇〇八年的東京迪士尼，或許是我成年之前，唯一一次看到妹妹也擁有平凡人的那一面。那個晚上，她也擁有自己真心喜愛的事物，她的內心也無比渴望有人支持自己的決定，她很可能這輩子第一次開口哀求了某個人⋯⋯。而那個人不是別人，是離家兩千公里的地方，唯一在她身邊的哥哥。

我的妹妹大部分時候並不需要我。可是當她需要時，我也沒有扮演一個夠好的哥哥。這樣愧疚的心情穿越了幾千個日子，最後來到了這一天。午後一點整，我和旅伴進入了小熊維尼獵蜜記。快速通道讓我們掠過排隊的人群，大家都沉浸在巨大的百畝森林造景，只有我不一樣，我在確認一件心裡的事：那一天妹妹是不是對的？而她是。真的再排一下下就輪到我們了，算算距離和時間，我們玩完一遍也不會遲到的。更何況，那天集合的時候，其他所有人都遲到了。

後來我另外買了一個比較實用的東西送給妹妹，一把小熊維尼造型的梳子。可是當她看到打開的行李箱裡面還有另外一隻維尼時，便把它也帶走了。她戴上髮箍，照著鏡子，一邊說你怎麼會買這麼可愛的東西，一邊也問道，你有去搭小熊維尼獵蜜記嗎？我和她說，有啊。她用一個很興奮的語氣和我說：好玩吧、好玩吧，原來，她去年也和同學一起搭過了。

聽到這裡我有種鬆口氣的感覺。小熊維尼獵蜜記裡面，大家會坐在蜂蜜罐中，逐一遇見維尼和他的朋友。長大後，我是跳跳虎一樣的人，因為我知道只有不斷把握機會展現好的自己，才有可能被人記憶；相反的，妹妹像是屹耳或者小豬，她變成了一個害羞而不輕易表達自己的人。那或許是因為，她害怕傷害到任何一個從來無意傷害的對象。

蜂蜜罐持續移動，我看著設施裡面沿途飄散的落葉還有紛飛的蜜蜂，在很多小朋友的笑聲裡，想到我們大學念了同一個系，她也很常變成ＯＯＯ的妹妹，想到她哭著和媽媽說，對不起以前讓哥哥很難過，忍不住也要掉下了眼淚。

南十字星

什麼是你生命中最害怕的一刻？

我在十歲的時候因為搬家而轉學，在原本的學校分班升上三年級，好不容易新認識了一批人，很快就被迫來到另一個環境，全部從頭開始。

在新學校最先和我變成朋友的是小良，因為我們兩個家住得很近。發現這件事也不是透過互相問候你住哪裡、我住哪裡而來，而是純粹出於意外。學校圍牆外面沒走幾步路就有捷運站的出入口，很多小朋友放學後就順著手扶梯緩緩下潛，揮手和午後的日光說再見，搭車直接被運往日暮已經抵達的地方。我以為小良也是其中一個。好幾次看著他跟著人群走入捷運站，然後我在那個路口轉彎、過馬路，照著爸爸媽媽教我的路走回家。

家裡和學校在同一站，但完全不同的方向。某天放學快要到家的時候，我看見剛剛走進捷運站的小良，竟然又從這一側的出口走了出來。我和他說，以後一起走吧。他說好啊，但他習慣的回家方式是穿過整個捷運站，因為感覺近很多。

長大後的我，除非迷路或下雨，不然在任何捷運站根本不會這麼做。從一側的出口移動到另一側，光上上下下就有夠麻煩了，哪來比較近比較快。

不過在小學三年級的時候，我只想到：交到新朋友了，而且是獨一無二的那種。

小良似乎沒有要改變他既定路線的意思，那我就跟他一起走捷運站吧。

那時候不知道，這其實是個危險的念頭。危險就在後頭。

我坐在司法官口試的預備區再一次想起了這件事。超過一小時的漫長等待，身邊的人每個都正裝筆挺，大多反覆翻閱著手上最後的資料，口中念念有詞。大概都是一次又一次背著自我介紹，或者考古題的擬答吧，可是我雙手空空的，雲霄飛車逐漸攀升到頂點那樣，緊張一點點，不耐煩和期待也各自一些些。乾脆讓腦袋放空。而一空下來，從前的事就像洗牌發牌，冥冥之中自己精篩揀選、排列組合起來。

在我小的時候爸媽遇到通靈的人和他們說，要小心這個兒子為了朋友而走歪學壞。不知道是真有憑有據還是神棍話術，現在回想起來，最貼近那句敘述的事件，就發生在我十歲和小良一起回家的路上。

再讓時間回到那個時候。我們家和學校所在的這個捷運站，和其他站都不一樣，如果要走到完全反方向的出口，非得要進站不可。小良每天放學就拿著悠遊卡刷進刷出，扣款十六塊；爸媽沒有給我悠遊卡，也沒有多餘的銅板零錢，因為走路上下學用不到。於是小良想出一個辦法：他刷卡，我們同時通過剪票口。

某天放學，我們在出站的時候被站務員給抓到了。

如果有看動漫，常會發現有時小孩子的角色身高和大人不成比例。哪個小學生會只有成人膝蓋的高度？

告訴你，那時候站務員擋在我們面前時，就是那麼高。

他先問，你們兩個是誰刷卡的。我看了看小良，站務員看到他手上的悠遊卡，就說：你可以先走了。

以一個懂法律的大人來說，這個舉動荒謬極了。如果真的是搭車逃票，幫忙掩護的那個人怎麼會沒事？刑法上共犯的規定不是裝飾用的吧……，如果我是那個站務員的主管，還不把他電到飛天？

但他就是讓小良走了。然後繼續把我攔著，講出一句讓我害怕至極的話。

「我會叫警察，還有通知你的父母。」

而小良一直都沒有離開。我們就兩個人站在那邊，站務員轉身要進去打電話，我不知道小良在想什麼，只記得自己什麼話都說不出來，連拜託求饒都擠不出口。如果還能有什麼念頭，那一定是：要不要趁機逃走。

●

後來我再也沒有和小良一起回家過了。那天的事像從沒發生一樣，我們沒有再提起，也沒有誰說出去。

十二年後，二十二歲大學畢業前的我認識了念管理學院的ＹＪ，她查了查共同好友，問我為什麼認識小良，我和她說：國小同學，我們三四年級同班。她說原來如此。以為話題在這邊就要結束了，我不知道哪根筋不對，接下去和她說了和小良在捷運站發生的事。當下莫名有這種感覺：如果不說，大概以後也不會和誰說了吧。

ＹＪ聽到最後問道：所以你們就被警察帶走了？

我說，沒有。

站務員轉身準備要去打電話時，忽然又回頭問我：你們從哪裡搭來的？我說不出完整的句子解釋一切，只能照著問題簡答，硬是說出了站名。就是我們當時身處的那一站。

站務員就放我們走了。

ＹＪ說，你不知道只要和站務員拿通行證，就可以不花錢穿越捷運站嗎？我說，知道啦，高中才知道。

她於是發表了感想：真是一個虎頭蛇尾的故事。除了小良很有義氣以外。他還留在那邊陪你……。

我說，沒錯，就是這樣。半開玩笑地接著：如果虎頭虎尾的話，恐怕我現在也不會在台大和妳說這個故事了。

ＹＪ和小良一起在外商銀行實習，後來，她跑去問他還記不記得這些，小良說完全沒有印象。沒印象也沒關係，我們之間因此重新有了點聯繫，畢業典禮結束的傍晚，小良特地從指南山下來到公館找一些朋友時，恰好也碰到了我。我們也合照，簡單聊了天，而且不是過度禮貌或疏遠的那種問候。

不過，終究沒有辦法用什麼「熱絡如當年」加以形容。即便是回憶，如果回憶不起來的話，同樣會消失。好險好險，雖然久遠，還是有些輪廓。

十歲、不再一起走回家的我們並沒有生疏。簡單來說的話，我的轉學生活過得還挺不錯的，時間久了，和我最要好的除了小良，另外還有小逸和小黑。應該是小逸取的名字：「四劍客」，因為我們每節下課都打籃球，去打專門給高年級使用、最高的籃球框，我們是班上最愛打也最會打的一群了。至於籃球和劍客的關聯性在哪，我也不知道，或許就是沒有關聯。這麼小的事，小逸本人也有很高的機率沒印象了；他在高雄念醫學系，現在和以後應該都會滿順利的吧。

「那你知道小黑現在在幹嘛嗎？」要離開前小良問了我。我說不知道，反問了同樣的問題，他也搖搖頭。

我們彼此間互相確認了一則流言的真實性，關於小黑的。結果小良同樣輾轉聽過這件事，版本也差不多。結論就是：那件事發後，就再也沒人聽過關於小黑的消息了。

那件事我聽到的時候是十七歲。

我在漸暗的天色裡和小良說再見、掰掰。

●

司法官口試的萬年考古題之一便是：你為什麼想來當司法官？大概各種類型、各種場合的面試，都會遇到這樣的問題，沒什麼特別，但要講得不至於太空洞或太矯情，就真的很難。

口試是集體面試，五個考官對上四個考生，總共時間八十分鐘。一一自我介紹後，換考官提問，每個人都得輪流回答，誰先開始，由提問的考官隨機決定。每一輪回答都像即席演講，第一個被點到最刺激，還來不及構思就得開口暢言三分鐘；最後一個也沒比較好，因為前面三個人幾乎把能講的都講完了。而考官始終是五雙心事重重的眼神，他們會在不應該皺眉的地方皺眉，在沒什麼好點頭的時機點頭。

經過第一次模擬面試，我就意識到了，如果直接按著提問申論般地回答，要嘛不知所云，要嘛人云亦云，語速還一直比心跳要快。所以決定，講故事好了。考官不一定會有興趣，但至少沒辦法往死裡追問。於是我為每一個考古題大致安排了回答的起手式——問工作上的情境：你身為法官如何和國民法官講解無罪推定原則？我會回答：大家以前念書時，有遇過班上東西不見而誤把某個人當成小偷嗎……。問專業問題：你對勞動法院設置有什麼看法？我會回答：一個空服員在班機起飛前的準備時間是五個小時，為什麼我知道……。問人格特質：看到有人插隊你會出面制止嗎？我會回答：某個下雨的禮拜五晚上，我在忠孝復興站一直擠不上捷運……。

在這樣的準備方向下，「你為什麼想要當司法官」似乎就不是什麼特別難應付的問題了。真正暗藏陷阱的地方是，不論如何回答，都一定會被反問：那為什麼不當律師就好？

這些我都想到了。其實，在我心裡，這樣的問題都指涉著同一件事：什麼是你生命中最害怕的一刻？

我會這樣回答：在我小學的時候有個很要好的朋友，雖然我不確定他現在還是不是把我當朋友。

那個時候我們上課分組都在一起，下課形影不離，每天一起打籃球長大。後來我們升上同一個國中，幸運地被分在同一班，卻愈來愈陌生。

我們讀的是一所升學學校，在那裡學生只分成兩種：會念書的，和不會念書的。不會念書的他被當成問題學生，國二以後就被學校隔離了，大部分的時間都不待在班上，和其他班的一些人統一由訓導處管理。我們在上課的時候，他們或許是在被罵，或許罰站，也可能是做些愛校服務。

還有幾次，他們在訓導處的走廊，警察也在那。

畢業典禮的那天，我們連說聲再見也沒有。

再一次聽見關於他的消息，是我高二的時候。他去工地工作，和主任還是工頭吵架，憤怒之下，拿起了磚塊往人家頭砸去。

砸成了重傷害。

「這是真的嗎？」和我一起練習口試的組員聽完這樣的擬答，問了我。

「如果我高中聽到的消息沒有錯，那就全部是真的。」

「那後來呢？感化教育？」

我說，也許吧、不知道。故事就到這邊了。

我們在法律學院的交誼廳忽然有了那麼一小片段的靜默。

●

故事裡的「他」就是小黑。不過，與其說這是他的故事，我更希望這樣描述：這是我們的故事。

說出「我們一起長大」這句話，當下只要幾秒鐘，背後卻需要無數的笑容和眼淚。我笑的時候剛好你也在笑，我哭的時候你也跟著哭，這才叫「一起」。並不是坐在同一間教室那麼單純而已。

而三分鐘的回答時間，這些沒辦法全交代清。

我在三年級後半近視，配了第一副眼鏡，結果某次被籃框彈出的球砸壞，當下大家都傻了、不知所措，是小黑拉著我去保健室。下一節課他坐在位置上花了大半時間，試圖幫我把斷掉的鏡架暫時黏起來。

四年級的時候，我和小逸搶著當模範生，要不是小黑來來回回在我們之間傳話，又勸說又哀求，兩個人應該就翻臉了。

之後，樂樂棒球比賽我當捕手，漏了好多球沒接到，些微的失分讓全班被淘汰。體育課大家檢討戰犯，小孩子赤裸的真心話最傷人，老師也不知道如何是好的時候，小黑大聲說：「這樣不公平吧。比賽又不是他一個人的。」

那天一下課後我就躲去廁所關上門。小黑跟了進來，我說不用理我、一下就好了。他只回了一聲嗯。後來打開門，他還坐在門口。

然後就是國中了。國一，段考後班導師把大家兩兩分成一組，讓成績相對好的那個人，去幫助另外一個。下次段考哪組進步最多，就先選座位，並且免寫一個月的週記。小黑和我分到同一組，公布時，他傳了一張紙條給我，上面寫著：我會加油，不會拖累你的。

接下來一兩個月的時間裡，放學後我花了很多時間幫他檢討小考，或者重新講解上課沒聽懂的地方。我不知道是什麼原因或力量驅使著小黑，總之他比我還積極。四點放學我們常常拖到快天黑才回家，順路經過超商每次他都要請我吃東西，儘管我說沒關係、不用了。

而最後我們沒有得到獎勵。

小黑又寫了一張紙條給我。裡面重複最多的是對不起，還有讓你失望了、下次會更努力。

這兩張紙條我至今都還留著，壓在書桌的桌墊下。歷經高中、大學，好幾次整理房間都沒有丟掉，像是牢牢為某段沒人相信的往事，守著證據。

紙條上的字很好看，很工整，像是電腦裡的少女體。

記憶裡他的人也是，有著好看的五官，國中後半遠遠看著他頭髮又燙又染、然後掛著耳環，都感覺是《改造野豬妹》裡的山下智久。雖然那樣的造型，是學校不允許的。

我那個時候收到紙條，有回傳些什麼吧……，應該有的，我記得。常常我在想，和他說了很多加油、沒問題的、沒有關係，這樣是最恰當的嗎。又或者，這些話這樣的留言，有讓他眼神裡的憂鬱或愧疚，少一些嗎。

那是多麼美麗卻又複雜的眼神。暗夜裡又近又遠、沒有逃避的星星。往後在班導師面前、在訓導主任面前，甚至在警察面前，小黑再也沒這樣過，那之後的渙散或者不屑，任誰看了馬上都會明白。

什麼是你生命中最害怕中最害怕的一刻？

是聽到要報警的時候，還是面對不夠好的自己的時候？是站在法院上的時候，還是想起在乎自己的人的時候？

「很多人，可能一輩子和法律扯不上關係，那是最好的。可是也有很多人，捲進了法律裡，有著說不出口、說了也沒人想聽的故事。」

「對那些人來說，他們可能去找律師，律師也確實能夠陪伴他們走一段路。但這沒辦法改變身為人、對於權威感到害怕的事實。當然也可能，他們其實根本不害怕權威，不害怕懲罰或者貼標籤。來到法院之前，他們早就見過許許多多類似的人和事情了。」

「真正讓人害怕的不過是：當你還相信這個世界的時候，卻不被這個世界所理解。這就是我想要來當司法官的原因。」

「我長大的過程中，好幾次被溫柔地接住；我會一直問自己，做了這個工作，會不會也是努力了解他們的其中一個人？」

從位子站起身，扣好西裝扣子，我和自己確認了這樣的擬答和心情。

要走進口試考場了，為什麼來到這裡，要無比誠實的話，我會說：因為錢比較多。

想賺錢的心是真的，可是想起從前的事，對誰有一些些憤怒、對誰有一些些感謝，那樣真切敏感的心，也是真的。希望永遠不要忘記這樣的自己。南十字星總共由四個端點、四顆星星組成；橫豎各兩顆，像是十歲的時候我們下課打籃球，拆成兩兩一隊那樣。

四顆星星裡面，有一顆在北回歸線以北的台北，是看不到的，但它是最亮的一個。那是十字架二。我們看不到，也只是因為大部分的我們，只會站在同一個地方、同一個角度看星星而已。

仲夏夜之夢

——給我的二十五歲

快要天亮的時候才睡去。淺淺的、有光的夢裡面，我和一個人說：「我要去很遠的地方了，如果可以，請你記得我。」我看不清他的臉孔，好像有薄薄的霧氣座落在我們之間，模糊了一切。我們相隔不是很遠，但也不是那種跨兩三步就能握住手的距離。我不確定他是誰，也不確定自己想要他記得我什麼，只是有種沒有來由的感覺：如果自己被忘記了，那麼會很難過，或者很悲傷。這樣的感覺是如此強烈，而讓我在夢裡說出了那樣的一句話。可是我們甚至沒有揮手，就各自離開了。

很奇妙地，現實生活中睡著而創造了夢境的我的腦袋，竟然能夠繼續讀取夢裡的自己在想些什麼。一個人離開的我往前一邊走著，一邊腦袋像是幻燈片，浮現了幾個畫面。

第一個是這樣：在學校下課的走廊上，忽然有人從後面靠近我，用力脫下了我的運動褲。連內褲也被脫了下來。我慌張地穿回去，想要回頭，卻被用力捏了下體一下。我又痛又羞辱地哭了起來。

第二個是這樣：寒假作業我認真寫好了幾千字的遊記，開學前一天，爸爸本來要幫我印出來。可是我好像做了什麼事被他狠狠罵到哭，他就賭氣不印了。他撂下一句話：像你這樣感情用事的人寫的東西我才懶得看。

最後一個是這樣：我和兩個好朋友去參加了夏天的籃球營，營隊最後一天進行了分組對抗賽。他們兩個人因為實力很好，被另外三個也很厲害的男生拉進了隊伍裡。我最後坐在場邊整個下午，不屬於任何一隊，成為多出來的那個人。

我不知道為什麼會想起這些事，它們都是真實的沒有錯，但明明我根本已經快把它們全給忘了，怎麼現在又在夢裡好具體而且好清晰。清晰到讓人再一次覺得很害怕。那些不散的惡意，或者赤裸的傷害。

夢就到這個地方為止了。我醒過來，才兩個小時過去，早上七點鐘。什麼都已經消失，只剩下雪白柔軟的棉被覆蓋著身體。剛從夢境甦醒的幾秒鐘內，都會有種時空錯置而帶來茫然的感受。我好像透過夜晚和白天之間的縫隙，在一個夏天的尾聲，回到十五年前，再一次回來的時候，就要二十五歲了。

二十五歲好像什麼巨大的門檻，在這個年紀，周杰倫開了《無與倫比》演唱會，王建民在大聯盟初登板。他們在那之後，很快地，都不再是更厲害的人了。十歲的我，那個時候常常陰天卻要假裝放晴的我，有沒有也想過自己二十五歲會是什麼樣子？每個小朋友或多或少，都還是會幻想自己成為厲害的大人吧。可是很遺憾的，多年以後安靜躺在這個床上、自以為改變了很多的我，好像本質上還是從前那樣的人。和小時候一樣愛哭，一樣沒有男子氣概，一樣藏不住心情，常常為了細小的事情無比糾結。只不過差別是：沒有人會再因此嘲笑我、欺負我，或對我指指點點了。

想到這裡，我側過身，手摸往胸口的心臟。感覺這些年來，它沒有任何改變，就只是多跳動了幾億下——或許感動的時候多一點，悲傷的時候也多一點；自責或者虧欠的時候同樣多了一點，缺憾還有絕望的時候也又多了一點。只是我都沒有察覺。因為那些當下，我一定都在哭泣。好的事情也哭，不好的也哭；不被愛的時候當然會哭，可是愛人的時候也哭。愛哭鬼喝涼水，這彷彿就是我的長大的全部，再給我回去幾十幾百千遍，一定也都還是同個模樣。

「可是，沒有改變是好事吧。」Enya在電話裡這樣和我說。我說嗯。這樣我也才會是用原本的樣子，去被其他人喜歡。然後兩個人就沉默了好一下子。再開口的時候，

Enya問了我，那你喜歡這樣子的自己嗎？

我想了想和她說，我接受了。

我接受的意思是，我不確定，但我一直都在努力。

就在漸亮的日光裡面，我開始有這樣的感覺：在夢裡，我是自己和自己說再見。喜歡自己比喜歡別人困難；比起被別人記得，要記得自己的單薄、脆弱、無助還有傷感，也更不容易。如果夢裡另外那個人真的是我，過去某個時刻的我，那我還想要和他說：不要害怕，不用刻意去隱藏或忘記些什麼，繼續往前走，你終將遇到更多愛你的或者你愛的人。因為我也會是如此。

你會在不經意地給了別人陽光以後，自己也意外被照亮。而你也還是會在無數的時刻掉下眼淚。不過，不用覺得丟臉，畢竟愛本來就是兩個人掉各自的眼淚、用雙倍的眼淚，努力只為了去學好一件事。那件事就是變成更好的版本的自己。

經過很長的天黑，有天你也會抵達二十五歲的天亮。Enya最後掛掉電話前和我說，你很棒了。十歲的我、十五歲、十七歲或二十一歲的我，這也是我想要和你說的話，即便你暫時可能還不能夠相信它。

後記

遺憾時差、美麗時差

「夢裡的我們始終坐在最後的堤防上看海。」

這是我十八歲得到林榮三文學獎時，得獎感言的第一句話。現在重新提起，是因為最近偶然發現了某個部落客在自己的遊記裡引用了它。我看到的當下，內心浮現一種複雜而且奇妙的感受：感覺這世界上存在著另外一個平行的時空，時間若不是靜止的，那就是過得很慢很慢。當這裡天亮日復一日地來到，而我逐漸成人，彼方卻還是青春期永恆的黃昏，還不知道黑夜長什麼模樣。

得到林榮三文學獎以後，我就進入了很長的黑暗期。我一直覺得自己寫不出更好的東西，然後過著且戰且走的日子。且戰且走的意思是：我從高三下學期一直到大學畢業，持續都在和自己反覆拉扯和戰鬥，一方面努力不讓自己喜歡的事情犧牲，另一方面又得和許多現實的考量妥協。會成為法律人就是妥協之一。而且這個妥協來得非常、非常曲折。

我一開始念的並不是法律系。一個原因是我對法律其實沒什麼特別的興趣，另一個則是我根本考不上。我的學測考得比歷次模擬考都還差，導致選擇變得很少，照理來說，這種情況要果斷地選擇繼續衝刺三四個月，考指考。但我沒有這麼做，為此，當時還和爸爸媽媽發生了非常大的爭執。他們和我說，如果你連這幾個月都覺得痛苦、沒辦法忍耐，那麼以後根本成不了什麼事。

我不記得自己回嘴了什麼，但直到現在，我都還沒有把為什麼不想考指考的真正原因說出來。總之，後來我念了政治系，這是少數最後錄取我的科系之一。面對爸媽乃至許多親戚的質疑，我一概回答：這個科系可以當外交官。這個回答能夠有效讓大家閉嘴，但其實我內心非常心虛，因為這根本不是政治系的全貌，甚至，我的同學裡面最後有意願而且也真的當上外交官的人，極少極少。

而我在政治系的第一年簡直是混到無以復加。我和很多人一樣會提早去教室，只不過其他人是要搶前排視野好的位置，我要搶的是教室最後面有插座可以充電的座位。那時，唯一一堂認真上的課叫作「中華民國憲法與政府」，名字這麼長，但實際上就是憲法課。授課老師當時是一個非常年輕的助理教授，他花了很多時間讓大家討論各個問題，然後親自補充、反駁，還有辯論；他的期中考和期末考也是如此——沒有標準答案，但你要用法條以外的生活經驗，邏輯一貫地捍衛自己相信的價值。好的法律人，或者更具體一點來說，一份會在這門課得到高分的考卷，並不是對法律本身、對各種學說理論如數家珍，而是願意去看見世界、理解他人。

我在政治系得到了最好的法律啟蒙，下定決心花三個月，一個人寂寞地準備轉系考，然後在大二的時候來到法律學院。回頭想起來，真的是很幸運，找到一個自己雖然不是最喜歡，但至少不排斥，而且又能讓周圍的人無從置喙的專業，一路繼續自己的學生之路，從此以後摩擦很少、指指點點也很少。雖然低了頭但日子沒有特別難過，或許缺了憾但好像也沒真的失去什麼。

這就是十八歲以後的我。十八歲以後我過著聲東擊西的生活，表面努力符合這個世界殘酷、扁平、又缺乏想像力的公式，可是暗地裡幾乎把時間都花在閱讀和寫作。因為這才是我真正想做的事。我堅持不考指考的原因是：因為我想要寫台積電青年學生文學獎[10]。兩個月的截稿時間會和指考準備的關鍵階段重疊，與其妄想兼顧兩者，不如好

10 這個獎項限高中學生參加，是高中生獎金最多、影響力最大的文學獎，得獎者會得到許多前所未有的曝光機會還有作品發表空間。

好做出一個選擇。而我選了自己人生剩下最後一次機會的台積電文學獎。

十八歲的我不是笨蛋，也應該不是什麼成不了事的人吧。我之所以做出這個決定，就是因為太清楚也太明白：如果我是萬中選一能夠實現夢想的那個人，那麼一定是一路上把所有機會都好好抓緊的人。而如果我終究不是萬中選一的幸運者，那也至少還能當成遺憾少一點的那一個。

適度的遺憾反而是美麗的，那代表我們全心全意為自己負責過，像是在一個忘記帶傘的傍晚，坦率地被帶著金光的大雨淋濕全身，不會去討厭自己或責怪別人。

「夢裡的我們始終坐在最後的堤防上看海」，這句話，我後來就重新寫在了台積電文學獎的投稿文章裡頭。不過那篇作品最後並沒有得獎，連進入決審都沒有。然後我就和上面說的一樣，在夏天結束以後，惶惶念了政治系，接著一年後再默默轉去法律系。法律系的考試申論題動輒兩三千字，對於製造文字內容不會感到陌生或害怕的我，念起來比大部分的人負擔小很多，成績也維持得很不錯，只是常常有這種感覺：我好像在出賣自己的靈魂。

我的文字好像沒有把我帶去我想去的地方，而且感覺越來越遙遠。從台積電文學獎以後，我大學所有投稿的獎項，也幾乎全數以失敗收場。我重新回去ptt和一些討論版看以前的留言，那些在我得到林榮三文學獎時說我只是僥倖、過譽了被高估了、很快就會消失、再也不會出現……的留言，開始慢慢懷疑那都是真的。當每個人都說你看起來擁有晴朗的明天，但其實今天這個晚上，就已經是個連自己都沒辦法相信自己的晚上。然後轉眼間我就升上了大四，茫然地和身邊的人一樣準備國考。一切彷彿深夜的月台來了末班車，沒有勇氣掉頭就走，所以還是搭了上去，即便不知道會經過哪裡、又會抵達哪裡。

就是這些緣故，所以能夠來到現在這個地方，滿懷感激。而也是因為這樣，這本書裡面，屬於大學時期就完成的文章，是很少很少的，大部分都被我剔除了。現在回想那段時間，唯一覺得慶幸的事情是：我去寫出來的，都是我最想寫的事情；即便寫得不好，但都誠實而且真心。我真心地愛過別人，也被真心地善待過，好好把感謝、把想念說出來，說得再差也不會丟臉，說得再遲也一樣彌足珍貴。「夢裡的我們始終坐在最後的堤防上看海」，這句話並沒有消失，那篇沒有得獎的文章我原先取名叫作〈夏日瓶蓋〉，經過全部改寫，就是多年後這本書的同名篇章，〈行星燦爛的時候〉。

〈夏日瓶蓋〉也好，〈行星燦爛的時候〉也好，要講的不只是長大過程中微小的單純與快樂，我真正想要說的是：成人這一路上，所有的被認同、被接納，還有被理解。

我遇到那麼多人，和我成分那麼不一樣，可是你們都用了自己的方式理解了我，帶給我許多值得記憶的時刻和溫柔。這本書很大一部分，都只是把你們帶給我的陽光給留下。有人問過我哪來那麼多事情可以寫，我高中剛開始寫作時也有這個疑問：啊我要寫些什麼主題才好？

現在我會說，那就去寫：此刻閉上眼，你會想到的那個人。那個當你黑暗時，曾經帶給你明亮的人。不過要記得，在字裡行間要盡自己所能地保護他。

最後，要特別謝謝我的爺爺（其實是外公，但我習慣叫爺爺），雖然這本書來得有點晚，來不及給你看到。謝謝你給了我一個其實很棒的媽媽，也成全她和一個其實很棒的男生結婚，讓那個男生成為我的爸爸。謝謝你成為第一個讓我寫出來的人，讓我在十七歲得到第一個小小的獎，開啟了這一切。寫作和很多事情一樣，起點很單純，就只是愛。愛讓人勇敢而且善良。我遇見親親愛愛的每一個人，我們以後可能都會碰到很多很莫名其妙的事情，可是你要永遠、永遠記得，你一定、一定會在某個故事裡，是那個值得被愛的他。

二〇二〇年十二月四日寫於晚上下雨的公館

九　歌　文　庫　1346

行星燦爛的時候

國家圖書館出版品預行編目（CIP）資料

行星燦爛的時候 / 翁禎翊著 . -- 初版 .
-- 臺北市 : 九歌出版社有限公司 , 2021.01
面 ;　公分 . -- (九歌文庫 ; 1346)
ISBN 978-986-450-323-0(平裝)
863.55　109019821

作　者 —— 翁禎翊
責任編輯 —— 鍾欣純
創辦人 —— 蔡文甫
發行人 —— 蔡澤玉
出　版 —— 九歌出版社有限公司
臺北市 105 八德路 3 段 12 巷 57 弄 40 號
電話／02-25776564・傳真／02-25789205
郵政劃撥／0112295-1

九歌文學網　www.chiuko.com.tw

印　刷 —— 晨捷印製股份有限公司
法律顧問 —— 龍躍天律師 ・ 蕭雄淋律師 ・ 董安丹律師
初　版 —— 2021 年 1 月
初版 3 印 —— 2023 年 12 月
定　價 —— 300 元
書　號 —— F1346
ISBN —— 978-986-450-323-0